TRADUCTIONS ET POÉSIES.

LE

CANTIQUE

DES CANTIQUES

DE SALOMON,

Traduit littéralement de l'hébreu, et précédé de Considérations sur la Poésie biblique;

—

LA LÉNORE,

LE FÉROCE CHASSEUR

DE BÜRGER,

Traduction littérale;

—

POÉSIES,

PAR ALPHONSE DARNAULT,

Membre correspondant de la Société académique de Nantes.

NANTES,

Imprimerie-Librairie L. GUÉRAUD, passage Bouchaud.

—

1849.

A

M. Armand Guéraud,

Témoignage d'estime & d'amitié.

CONSIDÉRATIONS

SUR LE

CANTIQUE DES CANTIQUES

ET EN GÉNÉRAL

SUR LA POÉSIE BIBLIQUE.

§ I.

Qu'est-ce que la poésie, considérée dans son acception la plus large? C'est la manifestation *du sens du merveilleux;* de ce sens qui donne à l'âme ses ailes pour s'élever jusqu'aux mystères de sa destinée, jusqu'à la vision et l'intelligence du monde spirituel; qui ouvre à Milton le Paradis, au Dante les sept cercles de l'Enfer; cette faculté, c'est *la Muse;* c'est cette corde de l'âme qui vibre sous le souffle de Jéhovah dans les strophes prophétiques de David!

« La vraie poésie n'exprime qu'une chose : les tour-
» ments de l'âme humaine devant la question de sa des-
» tinée; c'est là, messieurs, de quoi parle la lyre des
» grands poètes : celle qui vibre avec une monotonie
» si mélancolique dans la poésie de Byron, dans les vers
» de Lamartine. Ceux qui n'ont pas assez vécu ne
» comprennent qu'à moitié ces sourds accords, traduc-

» tion sublime d'une plainte éternelle; mais ils retentissent profondément dans les âmes mûres, en qui les mystères de la vie et de la mort, les destinées de l'homme et de l'humanité, ont développé le véritable sentiment poétique; à elles seules il est donné de comprendre la haute poésie lyrique; à elles seules, pour mieux dire, il est donné de sentir la poésie : car la poésie lyrique est toute la poésie; le reste n'a de poétique que la forme.... [1] »

Qu'expriment, en effet, les plus anciens monuments de vraie poésie parvenus jusqu'à nous : les Védas, le Zend-Avesta, Homère et la Bible, sinon la réponse au problème de la destinée de l'homme et de l'humanité.

Ce souffle lyrique si puissant dans toutes les parties de la Bible, dans toutes les parties de ce colossal et divin dithyrambe, nous le définissons la faculté de concevoir l'infini, combinée avec *le sens du merveilleux*, cet élément générateur de tous les genres de poésie.

L'ethnologie démontre que tous les peuples du globe sont issus de trois races postdiluviennes, savoir : la race sémitique ou araméenne; la race chamitique; la race japétique ou indo-germanique.

Il y aurait, à notre avis, un beau livre à faire sur la poésie considérée dans ces trois types si divers de la grande famille humaine.

Aux deux premiers il a été donné de fleurir, dès le commencement, au sein des civilisations fabuleuses de l'Asie et de l'Afrique; aux Japétides, qui ont jeté un si vif éclat

1 Théodore Jouffroy.

en Europe, dans les civilisations grecque, romaine et française, appartient la préparation de l'avenir jusqu'au jour de la fusion des trois races dans la période d'*harmonie !*

L'étude de la poésie chez les Japétides, embrasserait le sanscrit, le chinois, le celte, le grec, le latin et leurs dérivés, langues dont la parenté est désormais établie; chez les Chamites, les langues phénicienne et cophte; chez les Sémites, les trois langues consanguines : l'hébreu, l'arabe, le chaldéen, et le persan; idiome mixte, mais où l'élément araméen prime l'élément japétique.

D'un si vaste sujet nous détachons une parcelle, la poésie biblique, dont nous allons présenter l'analyse en peu de mots, au double point de vue du fond et de la forme.

Les phrénologistes ont remarqué que *le sens du merveilleux* qui domine l'organisation morale chez les peuples d'extraction sémitique, les Hébreux, les Arabes..., prédisposait à la vision principalement sous l'influence de l'action magnétique.

« La Bible consacre d'une manière claire et précise un
» état extatique dans lequel vécut la première famille
» humaine, et dont elle déchut. Cet état n'est pas décrit;
» mais, par analogie, on peut s'en former une idée en
» voyant les extatiques du magnétisme. Les Hébreux
» eurent des prophètes; ils furent appelés hommes de
» Dieu, parce que leur esprit pouvait communiquer avec
» le ciel, sans que, chez *le plus grand nombre,* il se
» manifestât aucune crise nerveuse. A côté des prophètes

» sacrés, s'élevaient des extatiques de religion idolâtre;
» les mêmes facultés étaient communes aux deux par-
» ties; parfois, cependant, les prophètes sacrés montrè-
» rent leurs relations divines au moyen d'effets irréalisa-
» bles par les prophètes païens.

» Dans les prévisions de l'extatique du magnétisme,
» la révélation se borne à un ordre de faits qui ne con-
» cerne que l'individu, ou tout au plus celui auquel il
» s'intéresse vivement.

» Chez le prophète sacré, la prévision se rapporte à
» des événements qui intéressent les destinées, la vie
» morale, religieuse et politique de tout un peuple. De
» plus, la manière d'être durant l'acte de prévision est
» tellement différente, qu'à ce caractère seul il est fa-
» cile de distinguer le prophète inspiré de l'extatique
» agissant par sa propre virtualité. En effet, les prophé-
» ties surnaturelles sont révélées dans l'état de veille
» normale; l'extatique, au contraire, ne peut prédire
» que lorsqu'il entre dans la crise. Je ne trouve donc dans
» les phénomènes de prévision offerts par les prophètes
» sacrés et par les extatiques du magnétisme, que le
» caractère de l'analogie, sans pouvoir l'attribuer à une
» même cause. [1] »

Nous nous permettrons une remarque.

Le savant auteur auquel sont empruntées les lignes précédentes, dit plus haut: « La crise nerveuse ne se ma-
» nifestait pas chez *le plus grand nombre des prophètes.* »

1 *Physiologie, médecine et métaphysique du Magnétisme*, par J. Charpignon.

Nous ajouterons qu'on peut, en effet, la remarquer chez plusieurs; entre autres, chez le prophète Élysée : « Faites venir, dit-il au deuxième livre des Rois, cha-
» pitre troisième, quinzième verset, faites venir un
» joueur de psaltérion; et pendant que le musicien jouait,
» la main de Jéhovah se posa sur Élysée, et il prophé-
» tisa ainsi. »

Ce passage, et d'autres que nous pourrions citer, ne semblent-ils pas indiquer l'entrée dans une crise nerveuse provoquée par la musique; de plus, comment expliquer cette image : « ותהי עליו יד יהוה » *et fuit super eum manus Jehovah*, sinon en y voyant une allusion aux mains qui chargent la tête magnétiquement, qui font le geste magnétique, et dont la sculpture égyptienne avait orné les vases sacrés du temple d'Isis ?

Ainsi, Dieu, qui met tout en œuvre pour la réalisation de ses sublimes plans, se servait des phénomènes magnétiques comme moyen de communication directe avec l'esprit de l'homme.

Cette déchéance de l'état extatique supérieur particulier aux premiers âges, à quelle cause l'attribuer? Mystère insondable auquel nous ne nous arrêterons pas ici.

L'Épopée d'Homère contient en germe tous les genres de poésie.....; il en est de même de la Bible, divin dithyrambe : quelle épopée que la Genèse! quelles tragédies que les livres de Job, de Judith, d'Esther! quelle suave églogue que le livre de Ruth! quel beau drame pastoral que le Cantique des Cantiques!

Une idée capitale, due à l'extase prophétique dont nous venons de parler, circule dans toute la Bible, principalement dans la partie purement lyrique, les psaumes et les prophéties..... C'est l'idée messianique qui prend sa source dans la Genèse, où elle se manifeste sans obscurité par ces derniers mots de Jacob mourant : « Le » sceptre ne sera point ôté de Juda, ni un chef de sa » race, jusqu'à ce que vienne celui qui doit être envoyé, » et qui sera l'attente des nations. »

Toutes les fois que cette idée se fait jour, l'ode atteint au plus haut degré du sublime... Alors l'esprit demeure anéanti devant le grandiose des pensées et des images, devant l'éclair éblouissant qui illumine tout d'un coup les ténèbres de l'avenir! L'allure bondissante de la strophe, le dédain des transitions, la hardiesse des métaphores, la profondeur mystique des termes, tout révèle que le poète essaie d'exprimer dans une langue humaine le sens des paroles divines, de traduire l'infini dans le fini. Tous ces caractères sont réunis dans le psaume suivant, où se trouvent établis la consubstantialité du Verbe, son sacerdoce de tous les siècles, son apparition comme homme dans la descendance de David, son empire sur les royautés de la terre, enfin ses épreuves douloureuses et sa glorification.

PSAUME CX.

1.

Mizmor de David. — Jéhovah (l'Éternel) commander... A Adonaï (à mon Seigneur) : « Sieds-toi à ma droite jusqu'au jour où je ferai de tes ennemis l'escabeau de tes pieds!

2.

Le sceptre de ta puissance... Jéhovah le fera sortir de Sion : règne au milieu de tes ennemis!

3.

Avec toi Jéhovah se complaît depuis le jour de ta virtualité dans la gloire céleste ! Avant le commencement, avant le premier rayonnement de la lumière... alors une divine rosée te donna l'être !

4.

Il l'a juré, Jéhovah, et ne se repentira point de son serment : « Toi prêtre, pour l'éternité, selon le rite ré-
» vélé par moi à Melchi-Tsédech ! [1] »

5.

Adonaï à ta droite, *ô Jéhovah !* Adonaï frapper les rois au jour de sa colère!

6.

Rendre ses jugements au sein même des nations...

1 Genèse, XIV, 18 : Melchi-Tsédech aussi, roi de Salem, apporta le pain et le vin (et icelui était prêtre du Dieu fort, souverain).

19. Et le bénit disant : Bénit soit Abram de par le Dieu fort, souverain, possesseur des cieux et de la terre.

20. Et loué soit le Dieu fort, souverain, qui a livré tes ennemis entre tes mains. Et Abram lui donna la dîme de tout.

Combler les vallées de ruines... Adonaï briser les têtes de nombre de peuples sur toute la terre!

7.

Dans son chemin *à travers la vie*, il boira au torrent *des douleurs*; et c'est pour cela qu'*au-dessus de tous*, il élèvera sa tête *glorieuse!* [1]

Une autre idée circule, pour ainsi dire, parallèlement à l'idée messianique, celle de la grandeur de Dieu, ou de l'universalité de sa providence; on la trouve admirablement rendue par ces premiers versets du psaume CXXXIX :

7.

Seigneur! où irai-je pour me dérober à votre esprit? Où m'enfuirai-je pour me dérober à votre face?

8.

Si je monte *en esprit* dans le ciel, vous y êtes! Si je me couche dans le sépulcre, vous êtes là!

9.

Quand j'emprunterais les ailes de l'aurore pour voler comme elle, en un moment, jusqu'à l'extrémité des mers...

10.

Votre main, ô Seigneur! me conduirait! votre main droite me soutiendrait!

[1] Traduction faite sur l'hébreu par l'auteur.

11.

J'ai dit : Peut-être que les ténèbres pourront me couvrir, et je ferai mes délices de la nuit comme un autre de la lumière.

12.

Insensé que je suis! les ténèbres ne sont point ténèbres pour vous; la nuit sous votre regard est éclairée comme le jour; les ténèbres resplendissent pour vous, ô Seigneur! comme la lumière du soleil! [1]

Tels sont les deux pôles du monde poétique chez les Hébreux; telles sont les deux idées mères que relie entre elles l'idée pivotale d'un Dieu unique et personnel; toutes trois elles forment une série majestueuse; toutes trois elles constituent la puissante originalité littéraire de la Bible, la puissante originalité religieuse du *mosaïsme*, la puissante originalité politique de la nation juive!

En lisant attentivement les deux traductions littérales qui précèdent, on remarque que le style se meut dans une certaine direction, et suivant une loi constante; on voit se reproduire presque toujours un type unique de phrase, type qui se prête merveilleusement à l'expression d'une idée sublime ou grandiose, mais qui trop répété engendre dans le style un peu de monotonie. A l'appui de notre assertion nous citerons une page écrite par une autorité en cette matière, par l'illustre Blair.

« Chaque période, dit le docteur écossais dans ses

1 Traduction faite sur l'hébreu par l'auteur.

» lectures, se divise en membres presque toujours d'une » égale étendue, et qui se correspondent mutuellement » pour le sens et pour le son. Le premier membre de la » période renferme l'expression d'un sentiment ou d'une » idée; le second membre est la répétition de ce même » sentiment, ou de cette même idée en d'autres termes, » ou son développement, ou même son contraste; mais » de manière que l'un et l'autre membre présentent la » même construction, et presque le même nombre de » mots. Telle est, en général, la forme de la poésie des » Hébreux. Il faut chercher l'origine de ce mode poétique » dans la manière dont ils chantaient leurs hymnes sacrés. » La musique accompagnait le chant, et elle était exécutée » par deux chœurs qui se répondaient alternativement. » Leur poésie, pour satisfaire aux exigences de la » musique, se divisa en strophe, et en antistrophes suc- » cessives. Il est expressément dit, dans l'Esdras, que » les lévites chantaient alternativement. Cette méthode » de composition par membres de période correspondants, » adoptée une fois dans la poésie musicale, s'introduisit » bientôt dans toutes les autres poésies, bien qu'elles ne » fussent pas composées pour être chantées en chœur, » et que, par conséquent, cette coupe n'y fût pas stric- » tement nécessaire. Mais leurs oreilles y étaient fami- » liarisées; et d'ailleurs, ce mode donnait au style quelque » chose de majestueux et de solennel qui convenait par- » faitement bien aux sujets sacrés. »

L'hébreu! langue d'un peuple doué, au plus haut degré, de la conception de l'infini : elle semble construite pour exprimer l'éternité des choses! Ce don, qui lui est propre, elle le doit surtout à la nature de son verbe. Il a trois modes : l'indicatif, l'impératif, le participe ; deux temps : le passé et le futur. C'est là un fait d'une haute portée philosophique. En effet, le présent, point d'intersection dans la durée, est une idée purement abstraite ; la durée ne comprend absolument que deux catégories : les choses passées et les choses à venir. En outre, le verbe hébreu possède une forme plus riche que notre mode infinitif, forme qui comprend tous les modes et tous les temps, et que nous nommerons hyper-infinitif. Le mot qui exprimerait à la fois être, avoir été, devoir être, serait l'hyper-infinitif du verbe être. Ainsi, au premier verset du psaume cx : « נאם יהוה לאדני׃, » « commander Jéhovah à Adonaï, le terme נאם est un hyper-infinitif ; il exprime une action qui se fait, s'est faite, se fera de toute éternité !

Un idiotisme que l'on rencontre fréquemment, et qui a pour objet la suppression absolue du verbe dans une proposition, contribue encore à donner à la poésie hébraïque un vague infini.

Le verset chiffré de nos Bibles indique, pour la prose, le plus souvent un petit groupe de périodes ; pour la poésie, la période seule. Mais le vers dont nous voyons les tronçons épars dans le texte hébreu d'aujourd'hui, le vers existe-t-il ? Saint Jérôme se prononce pour l'affirmative dans l'extrait suivant de sa préface du livre de Job.

« Depuis le commencement du volume jusqu'aux pa-
» roles de Job, c'est de la prose ; mais depuis ces mots :
» Périsse le jour où je suis né, périsse la nuit en laquelle
» il a été dit : Un homme est conçu ! » jusqu'à ce pas-
» sage de la fin : « C'est pourquoi je m'accuse moi-même

» et fais pénitence dans la poussière et dans la cendre, »
» ce sont des vers hexamètres courant sur le dactyle et
» le spondée, mais en raison du génie particulier de la
» langue hébraïque, recevant souvent d'autres pieds; et
» ces vers, composés d'un nombre inégal de syllabes, ont
» tous la même quantité. Quelquefois aussi le rhythme est
» plein de douceur et d'harmonie, qualité qu'il doit à
» l'ingénieuse combinaison de pieds d'une molle cadence;
» du reste, les connaisseurs, plutôt que le simple lecteur,
» sont à même de remarquer cela. . . . .
» . . . .

» Si quelqu'un révoque en doute l'existence du mètre;
» s'il ne peut croire que les psaumes ou les lamentations
» de Jérémie, ou tous les cantiques des saintes Écri-
» tures soient composés dans un système prosodique ana-
» logue à celui des poésies de notre Horace, du grec Pin-
» dare, d'Alcée, de Sapho, qu'il lise Philon, Josèphe,
» Origène, Eusèbe de Césarée, et il s'assurera de ma
» véracité. [1] »

En effet, comme le grec et le latin, l'hébreu compte plusieurs espèces de vers, dont les éléments constitutifs sont : le pied, la césure, l'accent, et tantôt un nombre fixe de syllabes. Le Cantique des Cantiques se compose, selon nous, de vers de huit et de sept syllabes.

Les premiers comprennent le bacchiaque, une brève et deux longues; le crétique, une brève entre deux longues, et le spondée.

Les seconds comprennent l'ïambe, le crétique et le spondée.

1 Traduction de l'auteur.

שיר השירים אשר לשלמה: } 1er verset.

ישקני מנשיקות פיהו
כי־טובים דדיך מיין: } 2me verset.

לריח שמניך טובים
שמן תורק שמך
על־כן עלמות אהבוך: } 3me verset.

משכני אחריך נרוצה
הביאני המלך חדריו
נגילה ונשמחה בך
נזכירה דדיך מיין
מישרים אהבוך: } 4me verset.

שחורה אני ונאוה
בנות ירושלם כאהלי
קדר כיריעות שלמה: } 5me verset.

. . . .

. . . .

1er verset. **SHIR ESHIRIM ASHAR**
LA SHALMÊ.

2me verset. Ishaqni mnashiqouth phieou,
Ki toubim dadich'a miin.

3me verset. Lariha shamnich'a toubim,
Shaman thouraq shamach'a :
Ol kan olmouth aebouch'a.

4me verset. Mashakni, ahrich'a nroutzê :
Ebiani emlach' hadriou,
Naguilê, ounashmhê bach'a
Nazkirê dadich'a miin :
Misharim aebouch'a.

5me verset. Shahourê ani, ounaouê,
Banouth Iroushalam : kaeli
Qadar, kirioouth Shalmê. [1]

1 Les Hébraïsants sont partagés en deux écoles : l'école massorétique et l'école rationnelle. Nous appartenons à cette dernière, sur laquelle les travaux philologiques de M. l'abbé Latouche ont jeté un si vif éclat. Rejetant les points-voyelles massorétiques, inventés seulement au VIe siècle de notre ère, et calquant l'alphabet hébreu sur les alphabets grec et latin qui en sont dérivés, nous restituons aux voyelles leurs sons primitifs. Cependant, nous avons dû subordonner nos principes à l'usage qui a consacré l'orthographe massorétique pour certains mots cités dans cette préface ou dans le Cantique des Cantiques.

1er verset. **CANTIQUE DES CANTIQUES**
LEQUEL DE SALOMON.

2me verset. Il entourera moi des baisers de sa
bouche :
Car enivrant ton amour plus que vin.

3me verset. A l'odeur de tes meilleurs parfums,
Huile de senteur répandue, ton nom :
C'est pourquoi jeunes filles aiment toi.

4me verset. Emmène-moi, après toi elle court :
Il m'a introduit, le Roi, dans sa couche;
Elle se félicite, elle se réjouit en toi,
Elle se souvient de ton amour plus
enivrant que le vin :
La droiture te chérit.

5me verset. Brune moi, mais belle et désirable,
Filles de Jérusalem : comme les tentes
De Cédar, comme les pavillons de
Salomon.

. . . .

. . . .

Nous ne pousserons pas plus loin l'examen de la question prosodique, qui nécessiterait une discussion fort longue, et à coup sûr peu intéressante pour le lecteur.

§ II.

Le Cantique des Cantiques étant un épithalame dramatisé, et découpé en sept actes figurant les sept journées que les Hébreux employaient à la célébration de leurs mariages, il convient de faire connaître d'abord quelles lois régissaient l'union des sexes et quelles cérémonies la consacraient.

« Les femmes vivaient séparées des hommes, et fort
» retirées, principalement les veuves. Judith demeurait
» ainsi renfermée avec ses femmes, dans un appartement
» haut, comme la Pénélope d'Homère. . . . .
» . . . .
» Leurs mariages n'étaient revêtus d'aucune cérémonie
» religieuse, si ce n'est des prières du père de famille et
» des assistants, pour attirer la bénédiction de Dieu. Nous
» en avons des exemples dans les mariages de Rébecca
» avec Isaac, de Ruth avec Booz, de Sara avec Tobie. Je
» ne vois point que l'on offrît des sacrifices pour ce sujet,
» que l'on allât au temple ou que l'on fît venir des prêtres.
» Tout se passait entre les parents et les amis; aussi ce
» n'était encore qu'un contrat civil . . . .
» Les Israélites pouvaient prendre plusieurs femmes à la
» fois, et ils s'en faisaient aussi un honneur et une
» marque de grandeur. . . . Outre les femmes, il était
» encore permis d'avoir des concubines, qui, d'ordinaire,
» étaient des esclaves. Les épouses légitimes n'avaient
» au-dessus d'elles que la dignité qui rendait leurs enfants

» héritiers. Il est dit que Roboam avait dix-huit femmes » et soixante concubines, et qu'il donna plusieurs de ses » femmes à son fils Abias, qu'il avait choisi pour son » successeur. . . . .

» Bien loin que cette licence rendît le mariage plus com- » mode, le joug en était plus pesant, le mari étant ré- » duit à gouverner ses femmes avec une autorité absolue, » comme font encore les Lévantins. . . . Tous les en- » fants d'une femme avaient autant de marâtres que leur » père avait d'autres femmes; chacun épousait les intérêts » de sa mère et regardait les enfants des autres femmes » comme des étrangers ou des ennemis. De là vient cette » manière de parler si fréquente dans l'Écriture : C'est » mon frère et le fils de ma mère. On voit des exemples » de ces divisions dans la famille de David, et encore de » bien pires dans celle d'Hérode. . . . La liberté de se » quitter, par le divorce, avait aussi de fâcheuses suites.

» Les Israélites accompagnaient leurs mariages de festins » et de grandes réjouissances; ils étaient si parés, que, » pour exprimer la beauté du soleil, David n'a point trouvé » de plus digne comparaison que celle d'un époux. . . . .

» La fête durait sept jours [1]. Samson, ayant épousé une » Philistine, faisait des festins pendant sept jours, » et le septième terminait la fête. Il était accompagné de » trente jeunes gens; des jeunes filles du même âge que » la mariée accompagnaient celle-ci [2]. »

Après les sept jours de réjouissance accomplis au

1 *Juges*, XIV, 15; *Genèse*, XXIX, 27; Tobie, XIII, 23.

2 L'abbé Fleury, *Mœurs des Israélites*, ouvrage approuvé par Bossuet le 13 janvier 1681.

domicile de l'épouse, ses amies la conduisaient, la nuit, en grande pompe, à la demeure de l'époux, qui venait à sa rencontre accompagné de ses paranymphes et de théories de jeunes filles, comme on le voit dans la parabole des vierges folles, au chapitre vingt-cinquième de l'évangile de saint Matthieu.

« Encore, chez les Juifs modernes, le jour des noces, l'é-
» poux et l'épouse se parent aussi magnifiquement qu'ils
» le peuvent. L'épouse est conduite en pompe à la maison
» nuptiale par des femmes et des filles de ses amies......
» Deux femmes âgées lui servent de marraines. Ses amies
» ne la quittent pas, et doivent la peigner, l'ajuster, lui
» friser les cheveux et lui voiler le visage. La pudeur ne
» doit pas permettre à la fiancée de regarder son futur
» époux; elle imite la chaste Rébecca, qui, ne pouvant
» supporter les regards d'Isaac, se couvrit la face. Les an-
» ciens Juifs couronnaient les mariés. L'époux portait une
» couronne composée de sel et de soufre. Le sel était
» transparent comme le cristal, et l'on y traçait avec le
» soufre diverses figures....... La couronne de l'épouse
» était ordinairement d'or, faite en forme de tour crénelée,
» à peu près comme on représente Cybèle, mère des dieux,
» dans les médailles. La cérémonie des couronnes est
» aujourd'hui abolie chez les Juifs. L'épouse parée et voi-
» lée va s'asseoir au milieu de ses deux matrones, sous un
» dais soutenu par quatre jeunes garçons, ou appuyé sur
» quatre piliers. Le trône nuptial est ordinairement dans
» un jardin ou dans une cour, et c'est là que la bénédic-
» tion nuptiale doit se prononcer. L'époux s'y rend accom-
» pagné de ses paranymphes et de ses amis, l'épouse y

» vient escortée de sa troupe. Toute l'assemblée crie : » Béni soit celui qui vient ! La jeunesse chante ensuite » des chants nuptiaux en tenant des flambeaux... Le repas » est suivi des plaisirs que l'on prend ordinairement aux » noces. Les paranymphes conduisent les mariés dans » leur chambre, etc. [1] »

Afin de faciliter l'intelligence de quelques versets, et de compléter la décoration que nous avons essayé d'esquisser pour le drame royal, nous allons faire suivre les citations précédentes d'un léger aperçu du costume et des parures chez les Israélites.

La coiffure des hommes était ou le bonnet phrygien, commun à tous les Orientaux, à la pointe recourbée sur le devant, avec pendants pour couvrir les joues ; ou le bonnet en poil d'astrakan des Perses d'aujourd'hui, ou le turban. Ces trois espèces de coiffures, en usage chez les Israélites, sont désignées par les termes génériques hébraïque Tsaniph, grec Kidaris, latin Tiara. Leurs tuniques bigarrées, éclatantes par l'or, par le lustre, par la vivacité des couleurs, étaient lâches au repos et serrées d'une ceinture pour l'action ou la marche. Sur leurs épaules, se voyait un petit manteau agrafé, aux coins duquel pendaient des houppes de laine violette. Ils portaient la chevelure et la barbe longues.

Les versets seizième et suivants du chapitre troisième d'Isaïe [2], rapprochés d'un passage de Chardin, nous

1 L'abbé Banier, *Mœurs et Coutumes de tous les peuples.*

2 16. Et le Seigneur Dieu a dit : les filles de Sion, dans leur vanité, portent la tête haute ; leur regard est provocant ; elles caden-

portent à conclure que la toilette des Juives était la même, à quelques détails près, que celle des dames persanes au XVIIe siècle, et même aujourd'hui, car les costumes orientaux ne varient pas.

cent leurs gestes et leur démarche; leurs pas s'accompagnent d'un cliquetis métallique.

17. Eh bien! le Seigneur frappera d'une plaie sordide la tête des filles de Sion. . . . .

18. En ce jour-là le Seigneur fera disparaître la vanité de leurs *riches* cothurnes : résilles, agrafes en forme de croissant;

19. Et les colliers, les bracelets, les bandelettes flottantes;

20. Et *les brillants* diadèmes, les anneaux de leurs jambes, les chaînes, les boîtes de senteur, les pendants d'oreilles;

21. Et les bagues, les anneaux *d'or* des narines;

22. Et leurs ajustements variés *comme les saisons :* manteaux, longs voiles, escarcelles *suspendues à la ceinture;*

23. Miroirs, tuniques, écharpes et les voiles *transparents* de l'été;

24. Et voilà que leurs suaves parfums se changeront en une odeur écœurante; au lieu d'une ceinture de byssus, une corde serrera leurs reins; toute la beauté de leur teint se changera en un visage brûlé par le feu; pour tunique enfin elles porteront le cilice!

Nous complétons cette description par les versets suivants du chapitre XVI d'Ezéchiel :

3. . . . . Voici ce que le Seigneur Dieu fait savoir à Jérusalem :

. . . .

7. Je t'ai fait croître comme l'herbe des champs; ta croissance fut rapide; tu devins grande et belle; tu atteignis l'âge où la femme a toute sa parure; tes seins étaient arrondis, et tu portais les insignes de la puberté! Cependant tu étais nue et pleine de confusion.

8. Et, passant près de toi, je t'ai vue; et voilà que ton âge était celui des amours. J'ai étendu sur toi mon manteau, et j'ai couvert ta nudité; tu as reçu mes serments et j'ai pactisé avec toi (ainsi parla le Seigneur Dieu), et tu es devenue mienne!

. . . .

10. Je t'ai vêtue d'étoffes peintes à l'aiguille; je t'ai chaussée

« Elles se couvrent le pied, dit Chardin, d'un brodequin » qui monte quatre doigts au-dessus de la cheville du pied, » et qui est fait de broderie, ou de la plus riche étoffe..... » Leur ceinture est mince et seulement d'un pouce de » large..... Elles portent quatre voiles en tout..... Le pre- » mier de ces voiles est fait en couvre-chef, tombant sur » le derrière du corps par ornement (c'est le seul que por- » taient les Juives)[1]. La tête n'est couverte sous le voile » ou couvre-chef que du bout d'un bandeau échancré en » triangle, et c'est la pointe qui couvre la tête, étant te- » nue sur le haut du front par une bandelette large d'un » pouce. Ce bandeau, qui est fait de couleur, est mince » et léger (c'est le phar ou peer, la matsnaphath ou mits- » népheth, mitra, mitre des Juives). La bandelette est » brodée à l'aiguille ou couverte de pierreries. Il n'y a que » les femmes mariées qui portent ce diadème... Elles » attachent à la bandelette du front une enseigne de » pierreries qui leur pend entre les sourcils; elles ont » un tour de perles qui s'attache au-dessus des oreilles et » passe sous le menton... Outre les bijoux que les dames

d'écarlate; j'ai serré ta taille d'une ceinture de byssus, et t'ai couverte du lin le plus fin;

11. Je t'ai décorée de parures; j'ai mis à tes bras des bracelets à ton col un collier;

12. Un anneau *d'or* à tes narines; des cercles *d'or* à tes oreilles une couronne de gloire sur ta tête;

13. Tu as été parée d'or et d'argent; tes vêtements ont été le byssus, le lin le plus fin, les étoffes peintes à l'aiguille; ta nourriture a été la fleur du froment, l'huile et le miel; et tu es devenue bien belle, bien éclatante, et ton règne a commencé!

(*Trad. de l'hébreu.*)

1 En hébreu, Radid; en grec, Théristron; en latin, Theristrum.

» persanes portent à la tête, elles portent des bracelets de
» pierreries larges de deux et jusqu'à trois doigts, et qui
» sont fort lâches autour du bras. Les personnes de qua-
» lité en portent en tour de perles... Leurs colliers sont
» des chaînes d'or ou de perles qu'elles se pendent au col,
» et qui leur tombent en bas du sein, où est attachée
» une grande boîte de senteur. Il y a de ces boîtes larges
» comme la main. Les communes sont d'or, les autres
» sont couvertes de pierreries, et toutes sont percées à
» jour, remplies d'une pâte noire fort légère composée de
» musc et d'ambre, mais d'une forte senteur. On vit et
» on renaît de parfums en Orient, au lieu d'en être incom-
» modé comme nous le sommes en ces pays froids.
» Pour les bagues, les femmes n'en portent point tant en
» nulle autre part du monde, et c'est dire qu'elles en ont
» les doigts chargés, etc. »

Nous ajouterons que les Juives, au moyen d'une peinture noire due à l'antimoine, se teignaient les sourcils et les cils; qu'elles passaient dans la cloison du nez un anneau d'or; que la poudre de henné donnait aux ongles des mains une belle couleur orange; qu'enfin des anneaux d'or ou d'argent, unis par une chaînette, ornaient le bas de leurs jambes. Le prophète Isaïe leur reproche de faire, par coquetterie, sonner fortement dans leur marche ces ornements métalliques [1].

[1] Les Bédouines, dit un voyageur, se couvrent de grossières étoffes de laine qu'elles tissent elles-mêmes; leur tête est enveloppée d'un mouchoir qui cache la nuque, descend de chaque côté du visage, passe sous le menton et va retomber sur les épaules. Leurs poignets et l'extrémité de leurs jambes sont chargés d'épais anneaux ciselés d'argent ou d'or, appelés « rédifs ».

Le luxe fut porté au plus haut point sous le règne de Salomon, dont la magnificence, les qualités brillantes, les instincts voluptueux et despotiques, le caractère, en un mot, est résumé, selon nous, dans le titre glorieux que nous lui décernons, celui de Louis XIV hébreu ! Fils de David et de la célèbre Bethsabée, il naquit l'an 1033 avant J.-C. David touchait à ses derniers moments lorsque Adonias, fils d'une autre de ses femmes, nommée Haggith, essaya de se faire proclamer roi d'Israël. Le prophète Nathan déjoua ses tentatives ambitieuses. Salomon, que son père destinait à l'empire, par amour pour Bethsabée, fut placé sur la mule royale et sacré à Gihon par Nathan et le grand prêtre Sadoch. Son règne, qui dura quarante ans, commença en 1015 ; il bâtit sur le mont Moriah le fameux temple de Jérusalem.

« Toute la vaisselle de Salomon et tous les meubles de » son palais du Liban étaient de pur or... Aussi ses reve- » nus étaient immenses. Le commerce seul lui apportait » tous les ans six cent soixante-six talents d'or, qui font » plus de quarante-trois millions... Il faisait payer tribut » aux Israélites, et à tous les étrangers qui lui obéis- » saient, aux Hévéens, aux Amorrhéens et aux autres » anciens habitants de la terre d'Israël ; aux Iduméens, » à une grande partie de l'Arabie, et à toute la Syrie ; » car son empire s'étendait depuis l'entrée de l'Égypte » jusqu'à l'Euphrate ; et de tous ces pays si riches on » lui apportait tous les ans des vases d'or et d'argent, » des étoffes, des armes, des parfums, des chevaux, etc.[1] »

1 L'abbé Fleury, *Mœurs des Israélites*.

« 20. Sous le roi Salomon, le peuple de Juda et d'Is-
» raël était innombrable, comme le sable de la mer, et
» tous mangeaient et buvaient dans une grande joie.

. . . .

» 22. Les vivres pour la table de Salomon étaient,
» chaque jour, 30 mesures de fleur de farine, et 60
» de farine ordinaire.

» 23. 10 bœufs gras, 20 bœufs de pâturage, 100 mou-
» tons, outre la venaison : cerfs, chevreuils, bœufs sau-
» vages et faisans.

» 24. ..... Et il avait la paix de toutes parts avec ses
» voisins.

» 25. Et chacun, en Juda et en Israël, demeurait sous
» sa vigne et sous son figuier, sans aucune crainte,
» depuis Dan jusqu'à Bersabée, pendant tout le règne de
» Salomon.

» 26. Et Salomon avait 40,000 chevaux dans ses écu-
» ries pour les chariots, et 12,000 chevaux de selle.

. . . .

» 29. Dieu donna de plus à Salomon une sagesse et
» une prudence prodigieuses, et une étendue d'esprit
» aussi grande que celle du sable qui couvre le rivage de
» la mer!

» 30. Et la sagesse de Salomon surpassait la sagesse
» de tous les orientaux et des Égyptiens [1].

» 3. Et il eut sept cents femmes qui avaient le rang
» de reines, et trois cents femmes de second rang; et
» les femmes détournèrent son cœur.

. . . .

1 *Rois*, III, 4.

» 5. Il adorait Astarté, déesse des Sidoniens, et Mo-
» loch, idole des Moabites.
» 6. Et Salomon fit ce qui n'était pas agréable au
» Seigneur, et il ne suivit pas le Seigneur parfaitement
» comme l'avait fait David, son père.
» 7. Et, en ce même temps, Salomon bâtit un temple
» à Chamos, idole des Moabites, sur la montagne qui
» regarde Jérusalem, et à Moloch, idole des enfants
» d'Ammon.
» 8. Et il eut la même complaisance pour toutes ses
» femmes étrangères, lesquelles brûlaient de l'encens et
» sacrifiaient à leurs dieux. [1] »

Nos conjectures placent à l'an 1013 avant Jésus-Christ, l'époque où Salomon épousa la fille d'un Pharaon nommé Sussénès, dernier roi de la vingtième dynastie égyptienne, et le dernier des princes Ménides. C'est à l'occasion de cette alliance que le jeune monarque composa, à vingt ans, le drame pastoral connu sous le titre de Cantique des Cantiques : cet ouvrage aurait donc aujourd'hui 2862 ans de date.

Les deux principaux personnages du poème, l'époux et l'épouse, sont représentés sous trois aspects différents :

1° Sous celui de Roi et de Reine ;

2° Sous celui de Berger et de Bergère ;

3° Sous celui de Vigneron et de Vigneronne.

La raison de cette disparate est tellement simple, que

1 *Rois*, III, 11.

nous avons lieu de nous étonner qu'aucun des nombreux commentateurs ne l'ait trouvée. La raison, la voici : c'est que les chefs hébreux tenaient, comme un sceptre, la faucille ou le bâton de pasteur. « Les rois » israélites vivaient de ménage comme les particuliers ; » la différence est qu'ils avaient plus de terres et plus de » troupeaux. Dans le dénombrement des richesses de » David, on compte véritablement des trésors d'or ou » d'argent ; mais on compte aussi des terres en labour » et des vignobles, des magasins de vin et d'huile, des » oliviers, des figuiers, des troupeaux de bœufs, de » chameaux, d'ânes et de moutons. C'est ainsi qu'Ho- » mère décrit la richesse d'Ulysse : il lui donne, en terre » ferme, douze grands troupeaux de chaque espèce de » bétail, sans ce qu'il y avait dans son île. . . . . De- » puis le chef de la tribu de Juda jusqu'au dernier de » Benjamin, tous étaient laboureurs et pâtres, menant » eux-mêmes leur charrue et gardant eux-mêmes leurs » troupeaux. . . . . Gédéon battait lui-même son blé » quand un ange lui dit qu'il délivrerait le peuple. . . . . » Quand Saül reçut la nouvelle du péril où était la ville » de Jabès, en Galaad, il conduisait une paire de » bœufs, tout roi qu'il était. . . . . L'on voit partout, » dans Homère, des rois et des princesses vivant du » fruit de leurs terres et de leurs troupeaux, et travail- » lant de leurs mains [1]. »

D'après cela on conçoit, sans peine, que l'époux et l'épouse conservent leur identité dans la diversité des personnages qu'ils revêtent. En outre, sur tout le Can-

1 L'abbé Fleury, *Mœurs des Israélites*.

tique des Cantiques flotte, comme un voile, une fiction poétique dont le but est de rapprocher les deux personnages principaux le plus possible du type agriculteur et pastoral, qui fait le caractère de la nation israélite. Il y a des instants où le roi et sa sultane disparaissent entièrement, pour ne laisser voir que deux simples bergers. Ainsi l'auteur a manifestement violé, dans son œuvre, le précepte formulé depuis, à une époque de littérature plus savante, dans ces vers d'Horace :

. . . . Servetur ad imum
Qualis ab incepto processerit, et sibi constet.

D'un nouveau personnage inventez-vous l'idée ?
Qu'en tout avec soi-même il se montre d'accord,
Et qu'il soit jusqu'au bout tel qu'on l'a vu d'abord.

Tel est le système qui nous a guidé dans notre traduction; et comme il concilie et harmonise tous les versets, nous sommes fondé à penser que nous touchons de bien près à la vérité.

De plus, usant de la liberté qu'ont prise de savants hellénistes dans la distribution des drames d'Eschyle, de Sophocle et d'Euripide, nous avons établi le scenario du drame hébraïque.

Les tableaux tracés par le roi Salomon dans cette œuvre sublime, sont d'un style grandiose et d'une couleur éclatante comme le soleil d'Orient; nous les avons restitués aussi exactement que l'ont pu permettre les ressources pittoresques de notre langue, si peu faite pour rendre l'expression plastique.

« *Non prætermittendus amor humanus,* » parle saint

Grégoire dans sa préface du Cantique des Cantiques ; qu'y verrons-nous donc au point de vue de l'amour humain ? — La glorification en même temps que la plus profonde analyse du sentiment de l'amour électif.

La première journée, que nous avons intitulée : *Le Lendemain*, retrace le réveil charmant de deux jeunes mariés épris l'un de l'autre : ce sont des ravissements, des effusions, des caresses, des emportements de bonheur !

Le deuxième jour, l'époux s'est levé aux premiers rayons du soleil ; il va receper ses vignes, et, au moment de partir, il invite le chœur qui vient d'entrer dans la chambre nuptiale, pour chanter l'Épithalame du matin, à faire silence, à ne point troubler le sommeil de ses amours. Mais l'épouse a entendu, dans son sommeil, la voix du royal époux ; ces sons bien connus font vibrer dans son imagination toute une série d'idées, et elle crie du fond d'un rêve : « La voix de mon bien-» aimé ! le voilà ! il bondit sur la montagne, il franchit » les collines ! »

Au matin de la troisième journée, la Sulamite, toujours préoccupée de l'homme qui tient dans son cœur la première place, est agitée d'un songe pénible. Son époux est absent ; elle le cherche à ses côtés dans la couche nuptiale, et ne le trouve point ; elle se lève, fait le tour de la ville, et tout à coup rencontre son bien-aimé, qu'elle veut conduire à la campagne, chez la paysanne que la fiction poétique lui donne pour mère, afin de jouir de sa présence dans une retraite où régneront le calme et la liberté. Puis elle s'éveille au bruit de l'allocution que l'époux adresse au chœur; décrit l'appartement du roi, le dais nuptial, etc.

Une vision tourmente encore la Sulamite, pendant son sommeil, à la quatrième journée. Le bien-aimé est survenu, à la troisième veille de la nuit : comme elle allait lui ouvrir, il a disparu; elle court, espérant le rencontrer, mais nulle trace de ses pas! Alors son angoisse augmente jusqu'au délire; elle interroge le chœur et lui commande de se mettre à la recherche de l'époux dont elle trace un magnifique portrait. La violence de son chagrin la réveille, et elle trouve à ses côtés celui qu'elle adore!

Cinquième journée. La Sulamite, dès l'aube, se lève et parcourt ses jardins; mais tout entière à l'amour, elle ne peut prendre intérêt aux productions de la vallée, à l'éclat des fleurs du grenadier, aux tendres grappes des vignes qui fleurissent et donnent leur senteur. Le roi survient, et célèbre, avec enthousiasme, l'incomparable beauté de sa sultane favorite.

Sixième journée. Les vœux de la princesse, formulés à la troisième journée, sont exaucés : elle a conduit chez sa mère son époux adoré : là une retraite paisible où l'on peut savourer son bonheur; là les doudaïm répandent leur parfum qui fait aimer; là des ombrages mystérieux que ne pourra percer nul œil profane.

Septième journée. « L'amour électif, a écrit un philosophe, engendre une jalousie spéciale qui ne vient » ni de l'estime de soi, ni du désir de la supériorité : cette » jalousie remonte jusque dans le passé; elle est comme la » gardienne de la pureté de l'objet aimé; et c'est, en effet,

» le trait distinctif de cet amour que, tout en tenant compte » du sexe, il s'allie avec une extrême chasteté; il tient plus » de l'âme que des sens. [1] » Aussi l'époux exprime-t-il à l'épouse combien, lorsqu'on la surexcite, est terrible cette passion qui brûle alors comme des braises ardentes. Puis il peint le principe de l'amour sous la forme d'une flamme inextinguible, immortelle, universelle!

L'épouse dit ensuite qu'elle est heureuse de posséder son bien-aimé à toute heure, à tout moment, et qu'elle a ainsi recouvré la paix du cœur!

Enfin, après avoir achevé son couplet, versets cent quatorzième et cent quinzième, le roi invite sa sultane à chanter. Non! elle ne répondra pas à cet appel, la septième journée des noces est expirée; et d'ailleurs, qu'importent les chants? Je ne souhaite autre chose, dit-elle, que le charme de ta présence dans la solitude; prends donc congé de tes amis, et reviens près de ton épouse pour ne plus la quitter jamais!

Voilà, en peu de mots, le Cantique des Cantiques, hymne de l'amour chaste mais complet; de l'amour résumé sous les trois grandes formes qu'il revêt dans le monde : amour de tête, amour de cœur, amour des sens!

Remarquons de quel admirable symbolisme a usé le poète-roi dans ce drame : la scène se passe au printemps, au sein des campagnes renouvelées; c'est l'époque où le lion et le léopard font retentir de rugissements voluptueux les échos du Liban, de Sanir et d'Hermon;

1 Adolphe Garnier, *Psychologie et Phrénologie comparées.*

c'est l'époque où gémit la tourterelle ; où le grenadier épanouit sa corolle, lit nuptial couleur de pourpre ; où les doudaïm, ces fleurs aromatiques, répandent leur parfum qui fait aimer : l'amour, effluve subtile, flotte dans l'air... Alors, deux jeunes amants d'une beauté divine, Salomon et la Sulamite, l'homme parfait et la femme parfaite apparaissent enlacés dans les bras l'un de l'autre sous un berceau d'orangers en fleur ; et l'on peut leur appliquer ces vers dans lesquels Milton chante l'épithalame d'Adam et d'Ève : « Les fraîches brises murmurèrent cette union » dans les bois ; leurs ailes, en se jouant, faisaient pleu- » voir des roses sur le couple fortuné, jusqu'à ce que » l'amoureux oiseau de la nuit chantât les noces, et or- » donnât à l'étoile du soir de hâter ses pas sur le sommet » de la colline, pour allumer le flambeau nuptial ! »

On trouvera que les anciens poètes grecs et les auteurs hébreux ont une infinité de choses du même génie, et puisées aux mêmes sources, en rapprochant le drame biblique de la dix-huitième idylle de Théocrite, dont nous donnons ci-après la traduction : c'est un épithalame consacré aux noces d'Hélène et de Ménélas. Il sera facile de s'apercevoir que le poète-roi domine l'élégant poète sicilien de toute la hauteur dont la Bible domine Homère.

Théocrite, qui florissait au troisième siècle avant Jésus-Christ, a retracé les mœurs grecques des temps homériques ou du dixième siècle, mœurs qui s'étaient colorées par le contact qu'eurent avec les Asiatiques les colonies éolienne, ionienne et dorienne, qui, après la ruine de

Troie, vers l'an 1150, peuplèrent le sud de la Troade.

« Enfin, s'écrie Velleius Paterculus, dont tous les
» savants ont loué l'attention à fixer l'époque des grands
» événements, enfin brilla le magnifique génie d'Ho-
» mère, le génie le plus grand sans comparaison. Par la
» hauteur de son œuvre, par l'éclat fulgurant de sa
» poésie, seul Homère mérite le nom de poète . . . . .
. . . .
» Il vécut à une époque beaucoup plus éloignée qu'on
» ne le pense de la guerre de Troie, qu'il a décrite; car il
» fleurit il y a environ neuf cent cinquante ans, il était
» né il y a mille ans. Aussi ne doit-on pas s'étonner de
» cette expression que souvent il emploie : « Tels sont
» aujourd'hui les mortels, » car elle marque la diffé-
» rence des siècles aussi bien que celle des hommes [1]. »

Paterculus dédie son livre à Marcus Vinicius ou Vinucius, consul, que les fastes consulaires placent à l'an trente depuis Jésus-Christ, ce qui fixe la naissance d'Homère à l'an neuf cent soixante-dix, et l'époque de son apparition à l'an neuf cent vingt.

D'un autre côté, les marbres de Paros placent Homère sous l'archonte Diognète, c'est-à-dire neuf cent trente-trois ans avant Jésus-Christ.

Ce calcul, rapproché du précédent, établit que la gloire d'Homère, pour se répandre dans toute la Grèce, a dû mettre l'espace compris entre neuf cent trente-trois et neuf cent vingt, ou une période de treize années.

De plus, l'auteur de l'ancienne vie d'Homère, attri-

1 Cornelius-Velleius Paterculus : *Hist. Rom.* I, V.

buée à Hérodote, assure que le poète témoigne une grande prédilection pour les pratiques des Éoliens, qu'il suit leurs coutumes, surtout dans la description qu'il fait des sacrifices.

Appuyé sur les témoignages précédents, qui ont, nous le croyons, quelque valeur, nous dirons : Homère l'Éolien, né en neuf cent soixante-dix, à Smyrne, ville fondée par la colonie éolienne, mort à Ios, l'une des Cyclades, avait cinq ans lorsque le roi Salomon s'endormit avec ses pères, en l'année neuf cent soixante-quinze ; et l'Iliade, que l'on peut supposer mise au jour en neuf cent trente, c'est-à-dire, à quarante ans, ne serait postérieure que de quatre-vingt-trois ans au Cantique des Cantiques, que nous avons placé à l'année mille treize. Le voisinage de la Grèce asiatique, de la Phénicie et de la Judée, les rapports de leurs habitants, le rapprochement des temps, tout concourt d'abord à faire présumer que les mœurs bibliques doivent avoir une grande analogie avec celles qui sont peintes dans l'Iliade et l'Odyssée : la lecture des poèmes d'Homère confirme entièrement ces présomptions. Nous concluons de la dissertation qui précède, que l'œuvre grecque et l'œuvre hébraïque sont appelées à se prêter une lumière réciproque, et doivent être étudiées, pour ainsi dire, parallèlement.

Dans la première, un chœur de douze jeunes Lacédémoniennes chante deux couplets : l'un, le soir, aux époux qui vont s'endormir ; L'autre, le matin, au lever de la mariée, afin que les époux s'endorment et s'éveillent au bruit de chants favorables.

« Ces jeunes filles, ayant chanté un couplet, au tomber

» de la nuit, promettent de revenir à l'aurore, dès que le » coq, le premier chanteur, élevant sa tête diaprée, aura » donné comme le signal de chanter.

» Aussi, dans le Cantique des Cantiques, l'époux re- » commande-t-il aux jeunes filles qui sont déjà présen- » tes, et qui vont chanter, de ne point troubler son amie, » de la laisser d'elle-même s'éveiller :

« Je vous adjure par les chevreuils, par vos plaisirs, » par les biches et les autres bêtes sauvages que vous » chassez assidûment! »

» Il donne à entendre, par ces paroles, que ces » jeunes filles sont des chasseresses. — Il paraît que les » jeunes filles de la Palestine portaient le carquois sur » l'épaule, comme leurs voisines les Tyriennes, dans » le premier livre de l'Énéide. [1] »

ÉPITHALAME D'HÉLÈNE.

IDYLLE DIX-HUITIÈME.

Dans Sparte, autrefois, chez Ménélas, à la chevelure
blonde,
Des vierges couronnées de fleurs rouges d'hyacinthe,

1 Traduit du latin de Bossuet, préface du Cantique des Cantiques.

Devant le lit nuptial, nouvellement peint, avaient formé un chœur :

Douze vierges, les plus nobles de la cité, la fleur des jeunes Lacédémoniennes ;

Lorsque la fille de Tyndare, tant aimée, Hélène, fut reçue dans le lit nuptial,

Par l'un de ceux qui l'avaient recherchée en mariage, par le plus jeune des fils d'Atrée.

Or, toutes chantaient, en dansant en rond, et réglaient sur le chant

La cadence de leurs pas : aux alentours du palais retentissait l'Épithalame.

« Ainsi, aux approches de la nuit, tu t'es dirigé vers la » couche nuptiale, époux adoré !

» La fatigue de ce jour a-t-elle appesanti tes genoux ? le » sommeil a-t-il pour toi tant de charmes ?

» Ou bien Bacchus t'aurait-il conseillé le repos ?

» Puisque tu voulais te livrer au sommeil, il fallait t'y » livrer seul,

» Et laisser la jeune fille, avec ses compagnes, près de » sa mère chérie,

» S'égayer jusqu'au jour ! Car, le soir et le matin,

» Et d'année en année, tu la posséderas, ô Ménélas !

» Heureux époux ! quelque Dieu protecteur te conduisit, » sous de favorables auspices,

» A Sparte pour obtenir un prix brigué par tant d'autres » princes, tes rivaux !

» Seul, parmi les demi-dieux, tu seras le gendre de » Jupiter, fils de Saturne !

» La fille de Jupiter vient avec toi reposer sous les mêmes
» tapis ;
» La fille de Jupiter, qui n'a point d'égale parmi toutes
» les femmes de la Grèce !
» Il sera illustre, par sa beauté, l'enfant qu'elle te don-
» nera, si cet enfant ressemble à sa mère !
» Nous toutes, les compagnes d'Hélène, vierges du
» même âge qui nous exercions aux mêmes jeux mi-
» litaires,
» Le corps luisant d'olive, à l'instar des hommes, près
» des bains de l'Eurotas,
» Au nombre de soixante-quatre, nous unissions la jeu-
» nesse à la beauté ;
» Chacune de nous cependant a un défaut lorsqu'on la
» compare à Hélène !
» Il est rose et lumineux le visage de l'Aurore qui se
» lève
» Dans la saison du doux printemps, à l'heure où la
» nuit quitte le ciel ; la Nuit, cette déesse vénérable ;
» [1] Brillante comme l'Aurore, s'avançait au milieu de
» nous Hélène, à la chevelure dorée,
» A la haute stature, aux formes arrondies : elle s'éle-
» vait au-dessus de nous, droite comme le sillon que
» le soc a tracé ;
» Svelte comme le cyprès de nos jardins, vive comme
» ces cavales de Thessalie que l'on attelle aux chars ! [2]

1 Journée Ve, verset 87 : Quelle est cette beauté qui s'avance gracieuse comme l'Aurore, etc.

2 Journée Ie, verset 9 : A mes belles cavales attelées aux chars de Pharaon, je te compare, ma bien-aimée !

» Ainsi la belle Hélène, au corps de rose, fait la gloire
» et l'ornement de Lacédémone !
» Nulle autre jeune fille ne brode sur une corbeille des
» dessins aussi variés,
» Nulle autre ne détache aussi adroitement du métier
» L'étoffe que la navette a tissée ;
» Nulle autre ne sait, avec tant de grâce, faire résonner
» la lyre
En chantant les louanges de Diane, en célébrant d'une
» voix éclatante la gloire de Minerve !
» Nulle autre que la belle Hélène, dont les yeux sont l'a-
» sile des amours !
» O belle, ô gracieuse fille ! c'en est donc fait... Tu es
» maintenant femme !
» Mais demain, dès l'aurore, pour nos jeux, dans la
» prairie en fleur,
» Nous viendrons ; nous y cueillerons des couronnes
» odorantes,
» Nous, jeunes vierges, remplies de ton souvenir, ô
» Hélène ! et soupirant après toi,
» Comme soupirent les jeunes agneaux après la féconde
» mamelle de leur mère !
» Avec empressement, une couronne faite avec le lotus,
» qui rampe à terre,
» Nous tresserons, et la suspendrons aux branches du
» plus beau platane ;
» Et, en ton honneur, d'une urne d'argent, un liquide
» de parfum
» Nous répandrons sous le beau platane ;

» Et sur son écorce, cette inscription, que lira le voya-
» geur,
» Sera gravée en dialecte dorien : « Honore-moi ! je
» suis l'arbre d'Hélène ! »
» Salut à toi, belle épousée ! Salut à toi, gendre de Ju-
» piter !
» Que Latone, que la féconde Latone fasse naître de vous
» Une heureuse postérité ! Que Cypris, la déesse Cypris,
» allume en vos cœurs
» Un égal et mutuel amour ! Que Jupiter, Jupiter fils de
» Saturne, répande sur votre maison les richesses,
» Et puissent-elles passer de race en race à des succes-
» seurs généreux comme vous !
» Dormez, couple charmant ! Et respirez sur le sein
» l'un de l'autre toutes les délices de l'amour,
» Et tous les feux du désir ! Mais levez-vous dès l'au-
» rore ; que cette recommandation ne soit point oubliée !
» Nous reviendrons demain, au matin, à l'heure où le
» coq, le premier chanteur,
» Fera retentir sa voix en redressant sa tête panachée !
» O hymen ! O hyménée, que ces noces royales soient
» pour toi une occasion de te féliciter ! [1] »

Disons maintenant quelques mots du sens allégorique et mystique que renferme l'œuvre du poète-roi.

« Sous l'emblème de l'union la plus légitime et la plus
» digne d'être révérée, sous les noms d'époux et d'épouse,
» Salomon a voulu peindre le pacte de Jéhovah avec le

1 Traduction de l'auteur.

» peuple élu, et, par anticipation, l'alliance de J.-C. avec
» son Église, ainsi que celle des prédestinés avec Dieu.
» Pour prévenir l'abus de toute honteuse interprétation,
» la synagogue et l'Église avaient interdit la lecture de ce
» poème à la jeunesse, à cet âge de la frivolité où les pas-
» sions en effervescence ne sont avides que de ce qui
» les flatte et peut leur servir d'aliment. Il n'était permis
» de le lire qu'à ceux qui, ayant connu de bonne heure le
» danger de l'illusion des sens et le danger encore plus
» grand des voluptés, avaient conservé l'innocence des
» mœurs et d'un cœur pur. »

La traduction grecque du Cantique des Cantiques, attribuée à Symmaque, est moins exacte que la traduction latine de saint Jérôme, laquelle est comprise dans la Vulgate; mais toutes deux froides et compassées, traductions de docteurs et non de poètes, ne reproduisent ni la verve, ni l'entrain, ni la couleur du texte hébreu. Quant aux versions françaises, toutes faites d'après la Vulgate, nous nous abstiendrons de les juger: nous laissons ce soin au lecteur [1].

On compte parmi les commentateurs pieux du Cantique des Cantiques, chez les juifs: le paraphraste chaldéen et le rabbin Maimonides; chez les chrétiens: Origène, Philon de Scarpanto, saint Bernard, Théodoret, Grégoire le Grand, Aponius, Béda, saint Thomas d'Aquin, Gas-

1 M. Cahen, traducteur de la Bible, a publié une version du Cantique des Cantiques conçue dans un autre système que la nôtre. Quoique nous ne soyons point tout à fait d'accord avec cet auteur sur l'interprétation de certains mots, nous n'en rendons pas moins hommage à sa vaste érudition.

pard Sanctius, Libertus Fromundus, de Louvain, Aloysius, saint Ambroise, Michel Ghislerius, Bossuet, Le Maistre de Sacy, Lowth, Michaëlis, Gilbert Génébrad, dom Calmet.

Le commentaire de dom Calmet, malgré le luxe d'érudition qu'on y voit déployé, fourmille de contradictions, et ne résout pas toujours les difficultés graves que présentent certains versets. Le révérend bénédictin est fort éloigné, selon nous, d'avoir compris le Cantique des Cantiques, puisqu'il avance qu'on ne doit point y chercher l'unité d'action, ni l'unité de personnages, ni une histoire suivie, ni même un épithalame. Ce n'est pas avec l'érudition qu'il faut scruter les mystères déposés dans l'œuvre biblique, mais bien avec le cœur.

Au nombre des commentateurs ou traducteurs sensualistes, nous citerons Théodore de Mopsueste, condamné par le concile de Constantinople; Grotius, Châtillon, Théodore de Bèze, Gentil Bernard et Voltaire. Ce dernier a versé, à pleines mains, le sarcasme et l'ironie dans son dictionnaire philosophique et dans la préface de sa traduction : rimes licencieuses auxquelles manquent la verve et l'originalité de ses contes. Sa haine systématique contre les livres saints lui ôta la faculté de goûter cette admirable fraîcheur de sentiment et de coloris. Sa muse badine et *régence* s'est entêtée à voir Mme de Parabère dans la chaste épouse du Cantique des Cantiques.

Dans notre traduction, que l'on trouvera faite avec conscience, nous l'espérons, nous nous sommes placé au point de vue purement littéraire; nous avons étudié religieusement le texte hébreu, et l'avons traduit le plus littéralement possible, faisant abstraction du sens mystique de l'école religieuse, et du sens érotique de l'école sensualiste. Nous nous sommes attaché à reproduire la lettre, à conserver surtout le dessin de la période hébraïque, et avons eu soin d'imprimer en caractère italique les idées complétives, selon nous, du texte original, qui est d'une concision désespérante. Le sens que nous avons suivi est, en trois mots : le sens commun ! Le lecteur pieux retrouvera, dans notre traduction, toutes les allégories qui ont fait les délices des Pères de l'Église, sans y rencontrer jamais le ton de l'Arétin, sur lequel ont écrit les traducteurs sensualistes.

Nous transcrirons, en terminant, cette belle pensée de saint Grégoire, dans sa préface du Cantique des Cantiques, et nous invitons le pieux lecteur à la méditer avant de passer outre.

« Non ergò prætermittendus amor humanus, sed danda » opera ut ad divinum velox sit transitus; ne machina » quæ ponitur ut levet, ipsa magis opprimat et aggravet ! »

« Ayons donc égard à l'amour humain, mais faisons » en sorte de passer promptement à l'amour divin, de » peur que les sens, qui nous sont donnés comme un » levier pour élever l'âme, ne contribuent, au contraire, » à l'opprimer et à l'appesantir ! »

Et nous n'omettrons pas non plus cette éloquente apostrophe de Bossuet :

« Accedant boni, sanctique interpretes, qui non se » immergant carnalibus, sed qui amorum humanorum » sensus et voluptates, ut periti musici chordas, levi di-

» gito pulsent, tantùm ut amoris divini suavissimun so-
» num eliciant ; qui, ut hoc quoque ex canticis suma-
» mus, caprearum, cervorumque more, vix pede terram
» attingant, mox transiliant sensus humanos, atque ad
» excelsa se afferant ! »

« Venez donc, bons et saints interprètes, qui ne vous
» laissez pas submerger sous les appétits charnels ; sem-
» blables à d'habiles musiciens, qui effleurent légèrement
» du doigt les cordes de l'instrument, vous effleurez les
» voluptés et le sens des amours humaines, afin de faire
» vibrer plus doux le son de l'amour divin ; et, pour em-
» prunter au Cantique des Cantiques l'une de ses plus dé-
» licieuses images : semblables aux cerfs et aux biches de
» la vallée, vous touchez à peine du pied la terre, vous
» franchissez le sens des amours humaines, et vous arri-
» vez sur les hauteurs de la sainteté ! »

LE

CANTIQUE DES CANTIQUES

DE SALOMON.

1845-1847.

La myrrhe et le benjoin, en nuages d'opale,
Montent vers les plafonds de cèdre et de cyprès ;
L'atmosphère bleuit, et le jour encor pâle
D'une nuit fortunée éclaire les secrets !

La brise du matin frémit dans le platane,
Agite mollement les rideaux du harem ;
Sur le sein de son Roi repose la Sultane,
Princesse aux bords du Nil, Reine à Jérusalem !

Elle s'éveille ; alors sa main, sur la cithare,
Prélude, avec ivresse, aux premiers feux du jour !
Et bientôt les accents de la voix la plus rare
Font entendre au Sultan ce Cantique d'amour !

Qui traduira ces vers tout parfumés de rose ?
Quel poète dira cet hymne nuptial,
De la beauté plastique ardente apothéose ?
Qui décrira les feux d'un ciel oriental ?....

EXTRAITS DE LA BIBLE.

1.

Le roi Salomon aima passionnément un grand nombre de femmes étrangères : la fille de Pharaon; des femmes du pays de Moab, d'Ammon, d'Idumée, de Sidon et d'Héthée. IIIe *Livre des Rois,* XI, 1.

2.

Ainsi s'affermit la puissance dans les mains de Salomon : des liens de parenté l'unirent à Pharaon, roi d'Égypte; car il obtint en mariage la fille de ce monarque, et la conduisit dans la cité de David jusqu'à ce qu'il eût bâti et achevé son palais, le temple du Seigneur et l'enceinte de Jérusalem. IIIe *Livre des Rois*, III, 1.

3.

Il construisit aussi la galerie du trône où est le tribunal, et la revêtit de cèdre depuis le parvis jusqu'au sommet; et le siége où il s'asseyait pour rendre ses jugements, était au milieu de la galerie, et fait aussi de cèdre. Il bâtit un palais à la fille de Pharaon, qu'il avait épousée, et y répandit le même luxe que dans la galerie du trône.

IIIe *Livre des Rois,* VII, 7 et 8.

4.

Salomon transféra la fille de Pharaon de la cité de David dans le palais qu'il lui avait bâti. Mon épouse, dit le sage monarque, n'habitera point la maison de David, roi d'Israël, laquelle a été sanctifiée par la présence de l'arche du Seigneur. *Paralipomènes*, VIII, 11.

5.

Salomon composa 3,000 paraboles; ses poèmes étaient au nombre de 15,000. Il fit des traités sur toutes les plantes, depuis le cèdre qui croît sur le Liban, jusqu'à l'hysope qui prend naissance dans les murailles; il traita aussi des quadrupèdes, des oiseaux, des reptiles et des poissons. IIIe *Livre des Rois*, IV, 32 et 33.

PSAUME XLV.

1.

A l'ordonnateur,

Pour les Sosannim (sorte d'instruments) des Corites (classe de Lévites);

Paroles et musique.

CHANT D'AMOUR.

(Un poète inconnu composa cette ode magnifique à l'occasion du mariage de Salomon et de la princesse égyptienne, et la dédia au jeune monarque dont les grandes qualités présageaient un règne glorieux.)

2.

Mon cœur m'inspire un hymne d'amour, je le dédie à mon roi : mes paroles courent comme le poinçon d'un rapide écrivain.

3.

Vous êtes, ô roi ! le plus beau des enfants des hommes : la grâce est épanouie sur vos lèvres : car Elohim vous a béni dans l'éternité.

4.

Ceignez votre glaive sur votre cuisse, ô vous le plus vaillant, le plus glorieux, le plus beau des hommes !

5.

Et, — puisse votre beauté rayonner encore d'un plus vif éclat! que la vérité, la mansuétude et la justice, comme de fières cavales, vous portent sans cesse sur leur croupe; et votre droite accomplira des merveilles!

6.

Vos flèches aiguës perceront le cœur de vos ennemis : les peuples tomberont à vos pieds.

7.

Votre trône, ô majesté! aura la durée des siècles, celle de l'éternité: le sceptre de la justice, c'est le sceptre de votre règne.

8.

Vous chérissez la justice, vous avez horreur de l'iniquité; aussi, ô majesté! Elohim, vous préférant à tous vos rivaux, vous a-t-il oint de l'huile de gloire!

9.

Vos vêtements respirent l'odeur de la myrrhe, de l'aloès et du benjoin; ces senteurs s'exhalent aussi de ces palais d'ivoire qui font votre bonheur!

10.

Les filles des rois vous forment un brillant cortége : à votre droite, la reine couronnée d'un diadème d'or d'Ophir!

11.

Écoute, ô jeune reine! et vois, et prête une oreille attentive; et oublie ton peuple, et la maison de ton père!

12.

Le roi s'enivrera de ta beauté : car il est ton seigneur; et toi, fléchis devant lui!

13.

Les grands d'entre le peuple t'offriront en présent la pourpre de Tyr; ils porteront à tes pieds leurs hommages!

14.

Qu'elle est belle dans ses vêtements, la fille du roi *d'Égypte* : son manteau étincelle de paillettes d'or!

15.

Vêtue d'une robe peinte à l'aiguille, elle sera conduite à Votre Majesté : les vierges, ses compagnes, la suivront; toutes viendront vous rendre hommage!

16.

Elles viendront au milieu des transports d'allégresse; elles pénétreront dans la chambre nuptiale de Votre Majesté!

17.

Vos fils égaleront la gloire de leurs aïeux; vous les établirez princes sur toute la terre!

18.

J'apprendrai votre nom à toutes les générations futures! Et, *pour tant de grandes qualités*, les peuples vous combleront de louanges dans tous les siècles, dans toute l'éternité !

Le Cantique des Cantiques comprend huit chapitres en hébreu ; fort de l'opinion de Bossuet, nous l'avons divisé en sept journées : cette division est tellement naturelle, tellement logique, qu'aussitôt faite, une grande lumière illumine ce poème mystérieux. Le titre de *drame* que nous croyons devoir lui donner, les titres de chacune des journées, l'indication des interlocuteurs, tout cela n'est point dans le texte hébraïque, mais cela sert à en rendre l'interprétation plus intelligible au lecteur. D'ailleurs, tous les versets sont chiffrés ; les alinéas qui ne sont pas chiffrés, et les phrases ou compléments de phrase en *italique*, ont été ajoutés par le traducteur. Sans cette méthode, il eût fallu recourir à une immense quantité de notes explicatives ; et l'œuvre du poète-roi ne se serait pas déroulée compréhensible, dès la première lecture, pour tout esprit attentif.

PERSONNAGES.

Le roi Salomon.
Les amis du roi Salomon, personnages muets.
La fille du roi d'Égypte, sous le nom de la Sulamite, épouse du roi Salomon.
Le chœur des compagnes de la Sulamite.
La sœur de la Sulamite, personnage muet.
(Costumes de bergers ou de bergères pour tous les personnages.)

Note. Salomon (Selomoh ou Shalmê),
Sulamite (Soulamith ou Shoulamith);
Deux noms individuels ou prénoms dont la signification, dans la langue hébraïque, est : L'homme parfait, la femme parfaite.

La scène est à Jérusalem, dans le palais du roi Salomon, pour les six premières journées; pour la septième, dans les jardins qui entourent l'habitation de la paysanne mère de la Sulamite, mère supposée que lui donne la fable du poème.

1013 av. J.-C.

1. LE

CANTIQUE DES CANTIQUES DE SALOMON.

DRAME.

PREMIÈRE JOURNÉE.

LE LENDEMAIN.

L'intérieur du harem : la chambre nuptiale.

SCÈNE UNIQUE.

Le Roi, la Sulamite, chœur de jeunes hommes, chœur de jeunes filles.

LA SULAMITE.

2. Prodigue-moi tes baisers ! car ton amour enivre plus que le vin !

3. Est plus doux que tes plus doux parfums ! Une huile de senteur répandue, tel est ton nom ! aussi tu as été aimé des jeunes filles !

4. Emmène-moi! Après toi elle court, *ta bien-aimée!* Le Roi m'a reçue dans la couche nuptiale! elle se réjouit, *ta bien-aimée;* elle tressaille de plaisir au souvenir de ton amour, plus enivrant que le vin! La droiture te chérit!

(S'adressant au chœur de jeunes filles.)

5. Brune je suis, mais belle et désirable, filles de Jérusalem! brune comme les tentes de Cédar, belle comme les pavillons de Salomon!

6. Ne me dédaignez point parce que je suis brune : c'est que le soleil m'a dorée de ses rayons : les fils de ma mère se sont irrités contre moi, et m'ont placée gardienne des vignes; celle qui était à moi-même, je ne l'ai point gardée. [1]

7. Dis-moi, toi que chérit mon cœur, où mènes-tu paître tes troupeaux, où les fais-tu reposer à l'heure de midi? Réponds, afin que je ne suive pas, incertaine, les troupeaux des autres pasteurs...

LE ROI.

8. Si tu ne sais pas ta beauté, toi la plus belle des femmes, va, suis les traces des troupeaux, viens paître tes chevreaux près de la tente des pasteurs, *et tous, avec acclamation, te conduiront vers moi.*

9. A mes belles cavales, attelées aux chars de Pharaon, je te compare, ma bien-aimée!

1 La Sulamite, dans son rôle de pastourelle, emploie cette fiction rustique pour se faire pardonner un teint plus brun que celui des Juives.

10. Belles sont tes joues encadrées d'un tour de perles[1] ! Que ton col est beau sous ces chaînes d'or !

(Montrant le chœur de jeunes hommes.)

11. Nous te donnerons un tour de perles d'or émaillé d'argent !

LA SULAMITE.

12. Tandis que le Roi reposait sur sa couche, le nard dont j'étais parfumée répandait ses senteurs.

13. Un bouquet de myrrhe, tel est pour moi mon bien-aimé ; ce bouquet restera sur mon sein !

14. Mon amant est pour moi une grappe balsamique de cypre des vignes d'Hen-Ghadi.

LE ROI.

15. Que tu es belle, ma bien-aimée, que tu es belle ! tes yeux sont doux comme les yeux des colombes.

LA SULAMITE.

16. Que tu es beau et plein de grâce, ô mon amant ! vois, notre lit est jonché de fleurs.

17. Nos plafonds sont de cèdre, et nos lambris de cyprès.

18. Je suis la rose de Sâron ; je suis le lis des vallées.

LE ROI.

19. Comme le lis parmi les épines, ainsi ma bien-aimée parmi les jeunes filles !

1 Tour de perles qui s'attache au-dessus des oreilles et passe sous le menton.

LA SULAMITE.

20. Tel un oranger[1] entre les arbres des forêts, tel mon bien-aimé parmi les jeunes hommes! et je me suis assise sous l'ombrage de cet arbre tant souhaité; que pour moi ses fruits sont doux!

21. Le Roi m'a conduite à la Maison du Vin[2], *où sont étalées toutes ses richesses;* il a déployé sur moi l'étendard de son amour!

22. Qu'on m'apporte les fleurs dont le parfum fortifie! Qu'on m'apporte la grenade et l'orange, *au suc cordial et balsamique;* car je languis d'amour!

23. L'un des bras de mon amant soutient ma tête, l'autre s'est arrondi sous moi!

1 Comme nous avons eu lieu de le faire en plusieurs endroits de cette traduction, nous empruntons ici à l'étymologie ses pinceaux; car le substantif *Thaphouha,* dont la racine est *Napha,* exhaler, désigne un arbre quelconque aux fruits odorants.

2 Voir, à la fin du Cantique des Cantiques, la description de la *Maison du Vin* à Ispahan.

DEUXIÈME JOURNÉE.

LE SONGE DU MATIN.

L'intérieur du harem : la chambre nuptiale.

SCÈNE UNIQUE.

Le Roi, la Sulamite, les chœurs.

LE ROI.

24. Par les chevreuils ou par les biches de la vallée, je vous adjure, filles de Jérusalem ! faites silence ! ne troublez point le sommeil de ma belle chérie, laissez-la d'elle-même s'éveiller !

LA SULAMITE (elle parle dans un rêve).

25. La voix de mon bien-aimé !... le voilà ! il bondit sur la montagne, il franchit les collines !

26. Mon amant ressemble au chevreuil ou au faon de la biche ; il est derrière l'habitation, il regarde aux fenêtres, son œil plonge à travers le treillis.

27. Il parle, mon bien-aimé, et me dit : « Lève-toi,
» ma compagne, ma gracieuse ; viens !

» 28. Car l'hiver est passé ; les pluies ont cessé et ne
» reviendront plus !

» 29. Les fleurs ont paru sur la terre; le temps de
» receper nos vignes est arrivé : on a entendu la voix
» de la tourterelle.

» 30. Le figuier fait poindre ses jeunes fruits ; les ten-
» dres grappes de nos vignes fleurissent et donnent leur
» senteur. Lève-toi, ma bien-aimée, ma belle, et
» viens !

» 31. Ma colombe, à travers le treillis de ta fenêtre,
» ou dans l'ombre mystérieuse de ton seuil, laisse-moi
» jouir de ta vue, fais résonner ta voix à mon oreille ;
» car ta voix est si douce, ton visage si gracieux !

» 32. Prenez-nous les renards, les jeunes renards
» qui détruisent les vignes, *dit mon bien-aimé à ses ser-*
» *viteurs,* car les tendres grappes de nos vignes fleu-
» rissent. »

33. Il est à moi, mon bien-aimé, et je suis à lui, à
lui qui se repaît parmi les lis,

34. Jusqu'à l'heure où le jour renaît, où les ombres
déclinent. Reviens : et sois, mon bien-aimé, prompt
comme le chevreuil, prompt comme le faon de la biche
sur les montagnes de Béther !

TROISIÈME JOURNÉE.

AGITATION.

L'intérieur du harem : la chambre nuptiale.

SCÈNE PREMIÈRE.

LA SULAMITE (elle parle dans le trouble de son sommeil).

35. Dans ma couche, durant le cours de la nuit, je cherche celui que chérit mon cœur ; je le cherche, et ne le trouve point.

36. Je me lève et fais le tour de la ville : par les rues, par les places, je cherche celui que j'aime ; je le cherche, et ne le trouve point.

37. Ils me rencontrent, les soldats du guet qui font la ronde : Celui que mon cœur aime, ne l'avez-vous pas vu ?

38. Quelques pas après les avoir quittés, presque aussitôt je rencontre celui que chérit mon cœur ; je l'entraîne, et ne le laisserai point partir sans l'avoir introduit dans la maison de ma mère, dans la chambre de celle dont je reçus la vie...

SCÈNE DEUXIÈME.

Le Roi, la Sulamite, les chœurs.

LE ROI.

39. Par les chevreuils ou par les biches de la vallée, je vous adjure, filles de Jérusalem! faites silence! ne troublez point le sommeil de ma belle chérie, laissez-la d'elle-même s'éveiller!

(Il sort accompagné du chœur de jeunes hommes.)

LE CHŒUR DE JEUNES FILLES.

40. Quelle est cette beauté qui s'élève du désert, semblable à la colonne de fumée aromatique qui s'élève de la myrrhe, de l'encens, et de toutes les poudres de senteur brûlées ensemble?

(Une riche tapisserie se lève, et laisse voir l'appartement du Roi.)

LA SULAMITE.

41. Voici la couche de Salomon : elle est entourée de soixante braves, la fleur d'Israël.

42. Ils portent tous leur glaive, et sont expérimentés dans la guerre : chacun d'eux a ceint son glaive sur sa cuisse, dans la prévision des surprises nocturnes.

43. Le roi Salomon s'est fait construire un trône nuptial en bois du Liban.

44. Les colonnes en sont d'argent, le dais en est d'or; les coussins sont de pourpre; au milieu est assis le Roi,

mes amours, car il veut se montrer aux filles de Jérusalem dans toute sa gloire!

45. Sortez et voyez, filles de Sion, le roi Salomon, le front ceint de la couronne nuptiale, de cette couronne dont sa mère le décora le jour de ses noces, le jour de la joie de son cœur!

(Le chœur de jeunes filles sort, la Sulamite reste seule en scène; un instant après, le Roi rentre accompagné des deux chœurs.)

LE ROI.

46. Que tu es belle, ma bien-aimée, que tu es belle! Sous les boucles de tes cheveux, ton regard est doux comme celui des colombes; ta riche chevelure rappelle la toison de ces troupeaux de chèvres qui se suspendent aux flancs du mont Galaad!

47. Tes dents ressemblent à un troupeau de brebis qu'on vient de tondre, et qui sortent du lavoir; chacune de ces brebis blanches porte un double fruit, et il n'en est pas de stériles parmi elles.

48. Rouges comme une bandelette de pourpre sont tes lèvres, et quel charme dans ton entretien! L'éclat vermeil de la grenade, tel est l'éclat de tes joues sous les boucles de ta chevelure.

49. Ton col, *où l'or étincelle*, est élancé comme la tour de David édifiée sur les hauteurs; mille boucliers *brillent*, suspendus à cette tour : ce sont les armes des plus braves.

50. Tes deux seins ressemblent à deux faons de chevreuil, deux faons jumeaux qui paissent parmi les lis!

51. Jusqu'à l'heure où le jour renaît, où les ombres

déclinent, j'irai au mont de la myrrhe et à la colline de l'encens.

52. Tu es toute belle, ma bien-aimée ; il n'y a point de tache en toi !

53. Viens avec moi sur le Liban, ô mon épouse! viens avec moi sur le Liban; sur la crête du mont Amana ; sur les sommets de Sanir et d'Hermon ; sur ces montagnes séjour des lions, sur ces montagnes séjour des léopards... *De ces hauteurs, tu contempleras mon vaste royaume, dont ta beauté te fait la souveraine!*

54. Tu as enlevé mon cœur, ma sœur, mon épouse, dans un regard de tes yeux, dans un de tes colliers !

55. Qu'il est délicieux d'être aimé de toi, ma sœur, mon épouse! Ton amour m'enivre plus que le vin; la senteur de tes parfums surpasse celle de tous les aromates !

56. Un rayon distillant le miel, telles sont tes lèvres, ô mon épouse! Le miel et le lait sont sous ta langue ; tes vêtements respirent l'odeur de l'encens!

57. Un jardin fermé, telle est ma sœur, mon épouse; c'est un jardin fermé, une fontaine scellée.

58. C'est un jardin où rougit la grenade, où mûrit le fruit des délices !

59. Où croissent le cypre et le nard. Le nard, le safran, la canne aromatique, le cinnamome, et les arbres qui donnent l'encens; la myrrhe, l'aloès et les plus exquis parfums embaument ce paradis !

60. Ma bien-aimée, c'est encore la fontaine scellée qui donne aux jardins leur fraîcheur ; c'est la source d'eau vive qui jaillit du Liban !

61. Que l'aquilon s'éloigne ! Viens, doux vent du midi... souffle dans mon jardin... *sous ton haleine embrasée* que les aromates se fondent et coulent...

LA SULAMITE.

62. Que mon bien-aimé vienne dans son jardin, et qu'il goûte le fruit des délices !

LE ROI.

Je viens dans mon jardin, ô ma sœur, mon épouse ! j'y viens recueillir la myrrhe et les autres aromates... Voici que je goûte le rayon de miel, que je bois le vin mêlé de lait...

(S'adressant au chœur de jeunes hommes :)

Mangez et buvez jusqu'à l'ivresse, ô mes amis !

QUATRIÈME JOURNÉE.

DÉLIRE.

L'intérieur du harem : la chambre nuptiale.

SCÈNE PREMIÈRE.

La Sulamite, le chœur de jeunes filles.

LA SULAMITE (elle parle dans le trouble de son sommeil).

63. Je dors et mon cœur veille : j'entends la voix de mon bien-aimé qui frappe à ma porte et me crie : « Ouvre-moi, ma sœur, ma bien-aimée, ma colombe » sans tache ; car ma tête est trempée de rosée, les » boucles de mes cheveux ruissellent des gouttes de la » nuit ! »

64. J'ai dépouillé ma robe, comment la revêtir ? J'ai lavé mes pieds, en ternirai-je de nouveau l'éclat ?

65. La main de mon bien-aimé presse le loquet de la porte ; à ce bruit tout mon être a tressailli de plaisir.

66. Je me lève pour ouvrir à mon bien-aimé ; mes mains dégouttent de myrrhe, mes doigts s'humectent de la myrrhe qui coule sur la poignée du verrou. [1]

[1] Dans l'antiquité, on oignait de myrrhe la porte des nouveaux mariés.

67. J'ouvre à mon bien-aimé, mais il s'est retiré... il s'en est allé... Mon âme s'était fondue de plaisir au son de sa voix... je le cherche, et ne le trouve point; je l'appelle, il ne me répond pas !

68. Les soldats du guet, qui font la ronde, me rencontrent, me frappent et me blessent; les soldats qui gardent les remparts, me dépouillent de mon voile...

(S'adressant au chœur de jeunes filles.)

69. Je vous adjure, filles de Jérusalem! si vous rencontrez mon bien-aimé, dites-lui que je languis d'amour.

LE CHOEUR DE JEUNES FILLES.

70. Quel est celui que tu appelles ton bien-aimé entre tous les bien-aimés, ô la plus belle des femmes! Quel est, entre tous les autres, celui pour lequel tu nous adjures?

LA SULAMITE.

71. Celui que j'aime est blanc et vermeil; il brille comme un étendard entre mille autres jeunes hommes!

72. Sa tête est belle comme l'or le plus pur; sa chevelure bouclée est aussi noire que l'aile du corbeau;

73. Ses yeux : deux colombes chacune près d'une source; deux colombes blanches comme le lait posées près d'une eau qui coule à pleins bords!

74. Le contour de son beau visage rappelle l'ovale d'un parterre de fleurs aromatiques; ses joues ont l'incarnat des roses; ses lèvres sont ces lis rouges qui distillent la myrrhe la plus pure!

75. Ses mains, qui ont le poli de l'or tourné, semblent

pleines d'améthystes; sa poitrine est un éclatant ivoire enrichi de saphirs.

76. Ses jambes sont des colonnes de marbre blanc sur des bases d'or; il a la beauté du Liban, et l'élégance du cèdre!

77. Le son de sa voix a une douceur suprême; il est de tout point désirable : tel est celui que je chéris, tel est celui qui a mon amour, ô filles de Jérusalem!

LE CHŒUR DE JEUNES FILLES.

78. Où est allé ton bien-aimé, ô la plus belle des femmes! où s'est-il retiré, ton bien-aimé,... et nous irons le chercher avec toi...

SCÈNE DEUXIÈME.

Le Roi, la Sulamite, les chœurs.

LA SULAMITE (elle s'éveille).

79. Mon bien-aimé est descendu dans son jardin pour en goûter les fruits; il est venu au parterre des plantes aromatiques, pour y cueillir des lis!

80. Il est à moi, mon bien-aimé, et je suis à lui, à lui qui se repaît parmi les lis!

LE ROI.

81. Tu es belle comme Thersa[1], ô mon amie! gra-

[1] Ancienne cité royale sous les Chananéens. Josué, XII, 24.

cieuse comme Solyme; tes charmes sont redoutables comme une armée qui marche, enseignes déployées!

82. O! détourne de moi tes regards, dont le tendre éclat me rend fou! Ta riche chevelure rappelle la toison de ces troupeaux de chèvres qui se suspendent aux flancs du mont Galaad.

83. Tes dents ressemblent à un troupeau de brebis qu'on vient de tondre, et qui sortent du lavoir; chacune de ces brebis blanches porte un double fruit, et il n'en est point de stériles parmi elles!

84. L'éclat vermeil de la grenade, tel est l'éclat de tes joues sous les boucles de ta chevelure!

85. Il y a dans mon palais soixante reines, quatre-vingts femmes de second rang, et les jeunes filles sont sans nombre :

86. Mais une seule est ma colombe, ma colombe sans tache; elle est tout pour sa mère, qui l'a entourée de sa prédilection. Les jeunes filles l'ont vue et l'ont proclamée la plus heureuse! Les reines et les autres femmes l'ont vue, et lui ont prodigué les louanges!

CINQUIÈME JOURNÉE.

PORTRAIT.

Une terrasse du palais.

SCÈNE PREMIÈRE.

La Sulamite, le chœur de jeunes filles.

LE CHŒUR DE JEUNES FILLES.

87. Quelle est cette beauté qui s'avance, gracieuse comme l'aurore, brillante comme la lune, pure comme la lumière du soleil, et dont les charmes sont redoutables comme une armée qui marche, enseignes déployées ?

LA SULAMITE.

88. Je suis descendue dans les jardins plantés d'arbres à fruits, pour voir les productions de la vallée ; si la vigne faisait poindre ses bourgeons, si le grenadier épanouissait sa fleur de pourpre !

89. Je n'ai rien vu ; mon esprit tournait dans un tourbillon rapide comme la roue d'un chariot de guerre ! [1]

[1] Mot à mot : « Je n'ai pas su : mon esprit m'a lancée, chariots de guerre de mon peuple noble. » Phrase elliptique dont nous avons essayé d'interpréter le sens. (Voir la note à la fin du Cantique des Cantiques.)

LE CHŒUR DE JEUNES FILLES.

90. Reviens, reviens, ô Sulamite! reviens, reviens : que nous jouissions du plaisir de te contempler.

SCÈNE DEUXIÈME.

Le Roi, la Sulamite, les chœurs.

LE ROI (s'adressant au chœur de jeunes filles).

91. Quelles beautés découvrez-vous dans la Sulamite?

LE CHŒUR DE JEUNES FILLES.

Toute la personne de la Sulamite est harmonieuse comme un chœur de musique guerrière! Que tes pieds sont beaux dans ces brodequins, ô fille du Nadib (prince). Ta jambe est d'un tour aussi pur que le tour de tes colliers, œuvre d'une main habile!

92. Ici une coupe ronde toujours pleine de parfums [1]... ici ton beau ventre s'arrondit en un globe éclatant de blancheur, qui rappelle un monceau de grains de froment entouré de lis!

93. Tes deux seins ressemblent à deux faons de chevreuil, deux faons jumeaux qui paissent parmi les lis!

94. Ton col est une tour d'ivoire; tes yeux sont limpides comme les piscines d'Hésébon [2], placées à la porte

1 Umbilicus tuus crater rotundus.... Cette comparaison s'explique par la coutume des anciens peuples d'Orient de s'oindre tout le corps d'essence aromatique.

2 Josué, XIII, 17.

de Bath-Rabbim! Ton nez est droit et fier comme cette tour du Liban qui regarde vers Damas! [1]

95. Ta tête est belle comme le Carmel [2]; ta chevelure a l'éclat de la pourpre : *ta riche chevelure*, dont les anneaux ont lié le cœur de ton Roi!

LE ROI.

96. Que tu es belle et pleine de grâce, ô mon amour! ô mes délices!

97. Ta taille est élancée et souple comme le palmier; tes deux seins sont deux grappes de raisin!

98. J'ai dit : J'enlacerai de mes bras le palmier, pour en cueillir les palmes; et les douces grappes de raisin enivreront mes sens, et le souffle de ta bouche aura pour moi le parfum de l'orange!

99. Pour moi, la manne de tes lèvres est comme pour mon ami un vin délicieux, un vin qui porte avec soi l'ivresse et le délire! [3]

LA SULAMITE.

100. Je suis à mon bien-aimé; et c'est vers moi qu'incline sa tendresse!

1 Capitale des rois de Syrie, les grands ennemis des Israélites.

2 *Decor Carmeli*. Is., XXXV, 2.

3 Nous mettons en regard de cette magnifique description l'ode XXVIII d'Anacréon; le lecteur pourra comparer :

« Sur son Hétaïre.

» Artiste souverain! Roi de la peinture! de ce bel art si florissant à Rhodes, peins ma maîtresse absente; peins-la telle que je vais te la décrire. D'abord, fais-lui les cheveux doux et mats ; et, si le pinceau le permet, qu'ils paraissent parfumés d'essences. A partir des deux extrémités des joues, un front d'ivoire couronné de cheveux *légèrement pourprés*. Que ses sourcils ne soient ni joints ni séparés ; que leurs courbes gracieuses viennent mourir et se fondre d'une manière imperceptible. Que les bords de ses paupières soient noirs. Pour les yeux, qu'ils soient de feu ; couleur d'azur comme les a Minerve ; trempés de moites lueurs comme les a Cythérée. Que son nez et ses joues unissent la blancheur du lait à l'incarnat des roses. Que ses lèvres soient comme celles de la Persuasion, et qu'elles appellent le baiser ! Que les grâces résident sur son menton délicat, et voltigent autour de son cou de marbre de Paros. Enfin, habille-la d'un péplum de pourpre, et laisse voir de ses charmes assez pour que l'œil devine ce que cache le vêtement. Cela suffit... car je la vois déjà ! Beau portrait, tu vas bientôt parler.... »

(*Traduction de l'auteur.*)

SIXIÈME JOURNÉE.

LA RETRAITE.

L'intérieur du harem : la chambre nuptiale.

SCÈNE UNIQUE.

La Sulamite, le Roi.

LA SULAMITE.

101. Viens, mon bien-aimé! sortons dans la campagne ; restons désormais au village...

102. Voici le jour! Levons-nous, pour aller à nos vignes ; allons voir si la vigne fleurit, si la tendre grappe commence à s'ouvrir, si le grenadier épanouit sa fleur de pourpre... et c'est là que je t'offrirai mon amour!

103. Les doudaïm, *ces fleurs aromatiques*, répandent *là-bas* leur parfum, *qui fait aimer... Là-bas,* nous avons à nos portes toute espèce de fruits délicieux ; j'ai mis en réserve, pour toi que j'aime, les fruits de la saison dernière et ceux que la saison présente voit mûrir.

104. Si j'avais eu le bonheur de t'avoir pour frère, si nous avions sucé le même lait, lorsque je te rencontre, et te donne un baiser, nul ne me reprocherait l'excès de mon amour.

105. Je te conduirai, mon bien-aimé! tu viendras dans la maison de ma mère : là, tu m'instruiras; là, tu boiras le vin mêlé d'aromates, et le breuvage balsamique que donne le suc de nos grenades.

106. L'un des bras de mon amant soutient ma tête, l'autre s'est arrondi sous moi...

SEPTIÈME JOURNÉE.

LA JALOUSIE DANS L'AMOUR.

Un site rustique : des jardins attenants à l'habitation de la mère de la Sulamite.

SCÈNE PREMIÈRE.

Le Roi, la Sulamite, le chœur de jeunes filles.

LE ROI.

107. Par les chevreuils ou par les biches de la vallée, je vous adjure, filles de Jérusalem! faites silence! ne troublez point le sommeil de ma belle chérie, laissez-la d'elle-même s'éveiller!

LE CHŒUR DE JEUNES FILLES.

108. Quelle est cette beauté qui s'élève du désert, appuyée sur son amant?

LE ROI.

Je t'ai réveillée sous les orangers témoins des amours de ta mère... sous ces beaux arbres qui t'ont vue naître!...

109. Que je sois le sceau qui scelle ton cœur, le sceau qui scelle tes bras; car l'Amour est fort comme la Mort;

car la Jalousie est impitoyable comme la tombe ! ses feux brûlent comme des braises ardentes, consument comme la flamme !

110. Les grandes eaux ne pourraient pas éteindre l'étincelle de l'Amour ; les fleuves n'auraient pas la force de l'étouffer ; quand un homme aurait donné toutes ses richesses en échange de l'Amour... il les mépriserait !...

SCÈNE DEUXIÈME.

Les précédents, la jeune sœur de la Sulamite.

LA SULAMITE présente au Roi sa jeune sœur.

111. Il est à nous une sœur toute jeune, dont la gorge naissante ne s'arrondit pas encore : que ferons-nous de notre sœur quand le temps viendra de lui parler *d'amour ?*

LE ROI.

112. Si son cœur est fort comme une ville de guerre, des richesses d'un époux faisons-lui comme une ceinture de tours d'argent ; si son cœur est ouvert au plaisir, que le caractère solide d'un époux en soit comme la porte de cèdre !

LA SULAMITE.

113. Mon cœur est fort comme une ville de guerre ; mon amour est inébranlable comme une tour, depuis que la présence assidue de mon époux m'a rendu la paix du cœur...

LE ROI (il emprunte ici, surtout, le langage d'un habitant des campagnes).

114. Dans Baal-Hamon, Salomon possède une vigne : il y a établi des gardiens ; chacun d'eux apporte mille sicles d'argent pour les fruits que rend la vigne.

115. Ma vigne, *c'est ma bien-aimée!* elle est sous mes yeux, *et c'est là toute ma richesse!* Que chacun des gardiens des fruits de ta vigne t'apporte donc, ô Salomon! milles sicles d'argent, et en reçoive deux cents : *ma vigne, c'est ma bien-aimée! et c'est là toute ma richesse!*

SCÈNE TROISIÈME.

Les précédents, le chœur de jeunes hommes.

LE ROI.

116. O toi qui habites dans ces jardins! voici que mes amis écoutent : fais-nous entendre ta voix.

LA SULAMITE.

117. Prends congé *de tes amis, et reviens près de moi*, prompt comme le chevreuil, prompt comme le faon de la biche sur les montagnes des aromates!

NOTES.

Journée I, *verset* 5. — Cédar personnifie les Arabes, dont les tentes étaient faites de peaux de brebis noires. Les tentes de Salomon, décorées de banderoles, jonchées de tapis, doublées d'étoffes superbes, offraient un aspect de richesse, de luxe, de beauté.

Verset 21. — Nous ne saurions mieux faire pour donner une idée du palais du roi Salomon et de la *Maison du Vin*, que de reproduire la description suivante, empruntée à M. Louis Dubeux et à Chardin :

« Le plus beau de tous les édifices qui existent actuelle- » ment à Ispahan, est le palais des anciens rois, renfermé » dans une enceinte de murs qui a environ 3 milles; ce pa- » lais, qui porte le nom de *Tschéhel soutoun* ou 40 colonnes, » s'élève au milieu d'une cour immense entre-coupée de ca- » naux et plantée d'arbres. Devant la façade est un grand » bassin, de forme carrée, de l'extrémité duquel le palais a » un aspect si beau, que la plume ou le crayon tenterait en » vain d'en donner une idée. Le premier salon donne sur le » jardin, et a une voûte soutenue par 18 colonnes couvertes » de glaces. Chaque colonne a une base de marbre sculptée, » représentant 4 lions qui soutiennent le fût de la colonne » sur leurs croupes réunies. Les murs sont couverts de » glaces, aussi bien que les colonnes; sur le plafond sont

» peintes des fleurs d'or qui ont encore tout leur éclat. De
» grands rideaux, qu'on peut fermer à volonté, offrent un
» abri contre l'ardeur du soleil.... Un chemin tortueux qui
» passe sous une tour octogone, conduit du jardin de Tsché-
» hel soutoun dans le harem. Au bout du chemin se trouve
» un carré oblong divisé en parterres de fleurs, en allées
» droites, en bassins remplis d'eau, et entouré de l'édifice
» destiné aux femmes d'un rang inférieur. Une porte à gau-
» che conduit dans le *Narandjistan* ou orangerie. De là il
» n'y a qu'un pas pour arriver à la cour où sont situés les
» grands appartements du roi..... La partie supérieure des
» fenêtres y est faite en plâtre, et découpée comme de la den-
» telle..... Au-dessous des grands appartements, il y en a
» de souterrains qui doivent être délicieux en été: les murs
» et le pavé en sont revêtus de marbre; l'eau y est intro-
» duite par des cascades qui tombent du rez-de-chaussée,
» et répandent une fraîcheur délicieuse..... Il y avait autre-
» fois, dans le palais du roi à Ispahan, des pièces parti-
» culières disposées avec une grande magnificence, et qui
» servaient de magasin ou de dépôt pour les objets de tout
» genre qui se trouvaient dans le palais. Ces magasins por-
» taient le nom de *Maison des Coffres, ... du Café, des*
» *Flambeaux*, suivant la destination qu'on leur donnait.....
» Et puis, suit la *Maison du Vin*: C'est une manière de
» salon haut de 6 à 7 toises, élevé de 2 pieds sur le rez-
» de-chaussée, construit au milieu d'un jardin; ..... quand
» on y est entré, on trouve, à la gauche du salon, des of-
» fices ou magasins, et à droite une grande salle. Le salon,
» qui est couvert en voûte, a la forme d'un carré long ou
» d'une croix grecque, au moyen de 2 portiques ou arcades
» profondes de 16 pieds, qui sont aux côtés. Le milieu est
» orné d'un grand bassin d'eau à bords de porphyre. Les
» murailles sont revêtues de tables de jaspe tout à l'entour,

» à 8 pieds de hauteur; et au-dessus, jusqu'au centre de la
» voûte, on ne voit de toute part que niches de mille sortes...
» qui sont remplies de vases, de coupes, de bouteilles de
» toute sorte de formes, de façons et de matières, comme
» de cristal, de cornaline, d'agate, d'onyx, de jaspe, d'am-
» bre, de corail, de porcelaine, de pierres fines, d'or, d'ar-
» gent, d'émail, etc., mêlés l'un parmi l'autre, qui sem-
» blent incrustés le long des murs..... Les offices ou
» magasins qu'il y a à côté de cette magnifique salle, sont
» remplis de caisses de vin..... Le vin y est en gros flacons...
» ou en bouteilles à long col... Ces bouteilles sont de cris-
» tal de Venise, de diverses façons, à pointes de diamant, à
» godron, à réseau. Comme les bons vins de l'Asie sont
» de la plus vive couleur, on aime à les voir dans le cristal.
» Ces vins sont : les uns de Géorgie, les autres de Carma-
» nie, et les autres de Schiraz, etc. »

Mais il paraît que dans la très-haute antiquité la *Maison du Vin*, comme le garde-meuble de Paris, contenait toutes les richesses de la couronne, ainsi qu'il ressort de ces vers du deuxième chant de l'Odyssée :

« ..... Télémaque descend dans la salle élevée qui ren-
» ferme les effets précieux de son père. L'on y voyait de
» grands amas d'or et d'airain, des coffres précieux où se
» conservaient de superbes vêtements : ce même lieu ren-
» fermait des essences huileuses, odorantes; et le long du
» mur étaient rangées des urnes remplies d'un vin rare,
» devenu miel par les ans, nectar digne de la table des im-
» mortels, et réservé, ainsi que tous ces biens, pour Ulysse,
» si jamais ce héros, accablé du faix des infortunes, repor-
» tait ses pas dans son palais. Des portes solides, à doubles
» verrous, fermaient étroitement cette enceinte. Une femme
» veillait jour et nuit sur ces richesses : c'était la fille d'Ops,
» la prudente Euryclée. Télémaque l'appelle : « Ma nour-

» rice, dit-il, hâte-toi de puiser du vin le plus précieux » après celui que tu conserves pour un infortuné, s'il » échappe jamais aux malheurs et à la mort. »

Telle devait être la *Maison du Vin* dans le palais du roi Salomon.

JOURNÉE IV, *verset* 85. — Les reines étaient filles de rois étrangers; les concubines étaient leurs caméristes; les jeunes filles que leur âge n'appelait pas encore à partager la couche du roi, servaient dans le harem. Salomon eut plus tard (IIIe *Livre des Rois*, XI, 3) sept cents reines et trois cents concubines.

JOURNÉE V, *verset* 89. — Ce verset rappelle la seconde stance de l'hymne que chante Amalia dans la 1re scène du IIIe acte des *Brigands de Schiller :* elle parle de son amant Karl Moor :

« Son embrassement, un transport furieux de délire !
» Puissamment, ardemment battait cœur contre cœur !
» Bouches et oreilles enchaînées, — la nuit était devant nos
» regards;
» *Et nos esprits tourbillonnaient vers le ciel !* »

Nous mettrons encore en regard de ce verset, la IIe ode de Sapho, qui renferme l'expression de l'amour arrivé à son paroxysme :

« A son amoureuse.

» Il me paraît égal aux Dieux, celui qui est constamment » près de ta personne; celui qui, assis devant toi, t'écoute, » avec recueillement, parler d'une voix si douce !

» Et rire avec tant de grâce ! C'est là ce qui fait battre » mon cœur... Sitôt que je te vois, la parole expire sur ma » lèvre...

» Oh ! oui, ma langue est brisée ! Dans ma chair, aussi-

» tôt, circule un feu subtil; mes yeux ne voient rien; mes
» oreilles bourdonnent;

» Une sueur froide coule; tout mon corps tremble; je de-
» viens plus verte que l'herbe; je suis presque morte; je
» parais n'avoir plus de souffle..... »

(*Traduction de l'auteur.*)

Et le début du monologue de lord Talbot, après son combat contre Jeanne d'Arc, dans le *Henri VI* de Shakspeare, partie 1, acte 1er, scène 5me :

« Mes pensées confondues tournent dans un tourbillon
» rapide comme la roue d'un potier. Je ne sais ni où je suis,
» ni ce que je fais... etc..., etc. »

LÉNORE.
LE FÉROCE CHASSEUR.

1843–1844.

PRÉFACE.

BÜRGER (Godefroy-Auguste), fils d'un pasteur luthérien, naquit en 1748, dans la principauté d'Halberstadt, qui faisait anciennement partie du petit royaume de Saxe, mais qui se trouve aujourd'hui comprise dans la Prusse. Ne se reconnaissant pas de vocation pour l'état ecclésiastique, auquel on le destinait, il abandonna la théologie, et vint faire son droit à la célèbre université de Gottingue. Là son talent commença de se révéler par l'apparition de quelques poésies légères, qui furent remarquées. Ce succès lui attira des protecteurs puissants, au nombre desquels figurent surtout M. Boje et M. le baron d'Usslar dont le crédit lui fit obtenir, en 1772, la charge de bailli à Alvengleichen, dans le Hanovre. L'année suivante parut la *Lénore*, qui eut une vogue immense et méritée. Dans le courant de 1775 il épousa Mlle Léonhart, fille d'un bailli hanovrien. Ce mariage s'accomplit sous de funestes auspices. Mlle Léonhart avait une sœur plus jeune qu'elle, nommée Molly; Bürger, la veille de ses noces, la vit pour la première fois, et sentit s'allumer dans son cœur une passion subite, dont il crut pouvoir, dans la suite, se rendre maître, mais que celle qui en était l'objet, ainsi que les circonstances ultérieures, accrurent au contraire d'une façon terrible : car Molly aimait Bürger, et vivait sous le même toit que les nouveaux époux. Après quatre années de cruelles luttes morales, qui forcèrent le poète à résigner sa charge de bailli, les relations des deux amants prirent tout à coup les caractères de l'intimité. Mme Bürger, dont l'âme était aussi noble que généreuse, conduisant par la main sa sœur Molly, entra un soir dans la chambre de son mari : « Bürger, dit-elle d'une voix assurée, voici votre femme... Pour Molly et pour vous, je ne suis plus dès cet instant qu'une sœur dévouée... Ma résolution est inébranlable... Soyez heureux tous les deux! » D'abondantes larmes suivirent ces touchantes paroles, et elle se retira navrée. C'était là, en effet, accomplir le plus douloureux des sacrifices. Elle mourut de chagrin en 1784. Un an après, Bürger épousait solennellement la belle Molly, qu'il a tant célébrée dans ses vers, et se rendait à Gottingue, où il venait d'être nommé professeur extraordinaire de philosophie et d'esthétique. A peine y était-il installé, que la mort frappa Molly, l'unique cause de dix années de souffrances et de tortures; Molly, l'unique objet de ses constantes amours! En 1790 il épousa, en troisièmes noces, Mlle Elise Hahn de Stuttgard, qui, séduite par le talent du poète, avait elle-même recherché sa main.

Cette union ne fut pas heureuse : après un mois de cohabitation, le divorce était prononcé... Tant de secousses violentes, tant de tribulations, avaient miné la santé du poète, l'avaient fait vieux avant l'âge : ses facultés s'étaient affaiblies; le malheur, selon la belle expression de Gray :

..... repress'd their noble rage,
And froze the genial current of the soul!

Le malheur refoula la noble ardeur de l'inspiration, et glaça le courant créateur de l'âme! Il mourut en 1794, à l'âge de quarante-six ans. Le gouvernement de Hanovre s'honora en versant ses bienfaits sur le poète; en rendant moins pénibles ses dernières années, que laissait sans ressources la dissipation de son médiocre patrimoine; en prenant enfin sous sa protection ses trois enfants, issus des deux sœurs Léonhart.

Il fut l'éditeur de l'*Almanach des Muses* depuis 1779 jusqu'à 1794. La dernière édition de ses œuvres, publiée à Gottingue, forme quatre volumes contenant des chansons, des romances, des ballades et des sonnets.

Ses poèmes les plus admirés sont : la Lénore et le Féroce Chasseur. Le premier a été traduit dans toutes les langues, et notamment en français; mais jusqu'ici notre prose et nos vers ont essayé vainement de lutter contre l'original. Venu le dernier, avons-nous été plus heureux que les traducteurs nos devanciers? Nous osons l'espérer. Ce n'est point une traduction, dans le sens vulgaire du mot, mais bien le calque exact de l'original que nous offrons au public.

La Lénore est un poème épico-lyrique, riche surtout

d'harmonie imitative : « Les syllabes, les rimes, tout l'art » des paroles et de leurs sons est employé pour exciter » la terreur. De tous les Allemands celui qui a mieux » saisi cette veine de superstition qui conduit si loin » dans le fond du cœur, c'est sans contredit l'auteur de » Lénore.[1] » Il y a dans la répétition, ménagée avec art, de certaines formules de phrases, quelque chose de monotone comme la fatalité ; cette chute des mêmes rimes rappelle la chute uniforme des grains de sable qui tombent un à un, à intervalles égaux, de l'urne de verre du sablier !

Voici l'analyse de ce poème. Rappelons d'abord succinctement quelques faits historiques :

En 1757, époque où la fameuse guerre de sept ans remuait toute l'Europe, le grand Frédéric gagna, sur les Autrichiens, dans le royaume de Bohême, la bataille de Prague. Cependant les chances d'une lutte inégale contre trois grandes puissances menaçaient de devenir fatales au héros prussien, lorsque, en 1762, l'avénement successif de Pierre III et de sa femme Catherine au trône des Czars changea la politique de la Russie : son alliance imprévue avec la Prusse eut pour résultat de donner aux affaires une face toute nouvelle, et, le 10 février 1763, les puissances maritimes concluaient la paix à Versailles ; le 15 du même mois, le grand Frédéric signait la sienne avec l'Autriche et la Saxe, à Hubertsbourg : ainsi fut terminée la guerre de sept ans.

Le petit drame de Bürger s'ouvre en 1763, un mois

1 Mme de Staël, *de l'Allemagne*.

environ après la conclusion du traité d'Hubertsbourg. Une jeune fille de la campagne, nommée Lénore, se lève plus attristée que de coutume; elle est fiancée à Wilhelm, jeune hussard prussien qui est parti en 1757, il y a six ans, pour la bataille de Prague; depuis lors, l'amant n'a pas donné de ses nouvelles : serait-il mort? hélas! les songes qui viennent de troubler le sommeil de la pauvre fille, présagent un grand malheur! Tout à coup la musique militaire retentit dans le hameau qu'elle habite, au centre de la Prusse : ce sont divers corps de troupes licenciées, les landwehrs, qui regagnent leurs foyers. Lénore se précipite hors de sa maison, se mêle à la foule des spectateurs, aborde et interroge les soldats; mais nul ne peut lui donner des nouvelles de son cher Wilhelm. Alors, d'une voix étouffée par les sanglots : « Il est mort! » s'écrie-t-elle, « il est mort!... Tout est fini... » Oh! malheureuse des malheureuses! infortunée des » infortunées! » Sa vieille mère s'efforce de lui porter des consolations, mais vainement: « Près de lui, » interrompt Lénore, « près de lui est le bonheur! et sans lui... ah! » c'est l'enfer! A quoi ont servi mes prières... Dieu, Dieu » n'a point de pitié! » Et la jeune fille, égarée par la violence de la douleur, se roule sur la terre en se meurtrissant le sein, en se tordant les mains. Mais le blasphème est prononcé : « Dieu n'a point de pitié! » Une âme chrétienne a osé renier la sainte Providence; un châtiment terrible va suivre ces paroles impies. En effet, à minuit, un cliquetis de sabre et d'éperons se fait entendre sur le perron, et une voix appelle Lénore. Elle accourt, elle ouvre et reconnaît, sous le blanc rayon de la lune, son fiancé Wilhelm, ce jeune hussard qui est parti, il y a six ans, pour la bataille de Prague; son cheval noir est là qui hennit et gratte la terre. La jeune fille veut faire entrer son amant, « Non ! » répond-il, « partons... il faut » qu'avant le point du jour, nous soyons en Bohême, où » nos noces s'accompliront. » Elle monte en croupe derrière lui, et alors hourrah hourrah ! le cheval part rapide comme l'éclair. Cette course fantastique qui se développe sur un parcours de cent lieues, est mêlée d'incidents effroyables. Enfin, au point du jour, à l'heure où résonne le clairon du coq, ce clairon perçant qui fait évanouir les spectres, ils arrivent dans un cimetière... le dolman du hussard tombe en poussière... le beau cavalier se déforme et devient un squelette qui tient, dans ses mains noueuses, une faulx et un sablier !

Le fond de cette ballade est, comme l'on voit, une superstition populaire fort répandue, qui a inspiré, avant Bürger, plusieurs poètes danois, écossais, bretons; mais l'auteur allemand les surpasse tous par la mise en œuvre plus savante du même fond, et surtout par l'idée morale qui encadre et relève son sujet.

Nous imprimons, à la suite de la Lénore, le Féroce Chasseur, cet autre chef-d'œuvre sorti de la plume fantastique de Bürger, de cette plume d'*orfraie* qui le place au rang des puissants incantateurs à la baguette magique : Cazotte, Lewis, Hoffmann, Arneim, Clément Brentano, Gozzi, Maturin, Lamothe-Fouqué.

L'aube commence à blanchir, les masses verdoyantes des bois sont encore noyées dans les brumes du matin, et déjà le Féroce Chasseur, le comte des Forêts et du

Rhin (der wild-und Rheingraf) est à cheval, sonnant de la trompe, appelant de tous côtés ses compagnons et ses piqueurs : « En chasse! en chasse! » Ses traits heurtés, ses yeux perçants, ses narines ouvertes, une stature puissante, des muscles d'acier, tout annonce dans sa personne un besoin incessant d'épancher au dehors les trésors d'une activité dévorante, d'une énergie indomptable; besoin qui a trouvé son essor dans l'exercice de la chasse, fécond en drames saisissants, en péripéties inattendues, en secousses nerveuses. Comme toutes les passions égoïstes et exclusives, celle du Rhingrave surmonte tous les obstacles, mais en prenant pour auxiliaire la férocité; car, dans l'ordre des faits matériels, la force brutale a toutes les chances du triomphe.

La bande des chasseurs passe dans un chemin en croix, lorsque deux cavaliers mystérieux viennent se ranger l'un à droite, l'autre à gauche du comte : celui-là c'est son bon ange, celui-ci c'est le démon!

Une lutte va commencer entre les bons et les mauvais instincts du comte, personnifiés, selon la mythique chrétienne, dans ces deux personnages surnaturels : — lutte suprême, la mesure de ses crimes de lèse-humanité étant presque comblée; et, cette fois, les avertissements seront multipliés, afin que s'il succombe, le châtiment, qui alors sera la sanction de l'équité la plus étroite, frappe un coupable endurci. On remarquera que la série habilement graduée de mauvaises actions accomplies dans cette journée fatale, laisse entrevoir, chez le poète, une science profonde du moral humain.

Les chasseurs arrivent près d'une église dont le joyeux

carillon appelle les fidèles à la messe matinale du dimanche : « Mal s'accorde le son de ton cor de chasse » avec la cloche solennelle et les chants du chœur, » dit, avec bonté, le cavalier de droite au comte ; mais celui-ci, dès le début, rejette les conseils de son bon ange, du cavalier de droite, à la physionomie douce comme le printemps, et cède aux suggestions du démon, du cavalier hideux et basané qui le presse de passer outre.

Voilà qu'un cerf tout blanc, à seize andouillers, se montre au loin dans la clairière : hourrah !... un galop rude, violent, vertigineux, entraîne, à travers les fondrières, toute la bande des chasseurs, dont quelques-uns tombent et roulent dans des précipices : « Laissez-les » rouler jusqu'en enfer, » crie le Rhingrave.

Le cerf se blottit dans un champ de blé ; aussitôt un pauvre laboureur accourt tout tremblant : « Épargnez, » Monseigneur, épargnez les pénibles sueurs du pauvre. — Arrière, chien ! » crie le féroce Rhingrave, et les blés sont foulés sous les pieds des chevaux.

Relancé, le cerf se mêle, plus loin, à un troupeau domestique : « Miséricorde, Monseigneur, miséricorde ! » exclame le berger épouvanté. « Arrière, audacieux » chien qui oses t'opposer à moi, » crie le féroce Rhingrave, et berger et troupeau sont mis en pièces par la meute furieuse.

Enfin, toujours suivi de près, le cerf se réfugie, au fond de la forêt, dans une chapelle sur le seuil de laquelle apparaît, les mains suppliantes, un saint ermite : « Ne violez pas, dit-il, ne violez pas le sanctuaire de » Dieu ! » Mais, poussé par les perfides conseils du cavalier de gauche, le féroce Rhingrave sonne un effroyable hallali, et va se précipiter à cheval dans le temple, lorsque tout à coup l'ermitage et le saint ermite s'évanouissent à ses yeux; le tumulte de la chasse cesse: — rien qu'un silence de mort!

On comprend que l'expiation va commencer, puisque le cercle des crimes les plus odieux, dans la sphère d'activité où se meut le comte, vient de se fermer brusquement par le sacrilége où il est arrivé en débutant par l'impiété, en passant de l'impiété successivement au mépris de la vie des hommes, et à l'accomplissement barbare de leur ruine. Le sacrilége, le crime envers la personne divine, provoque, dans le drame, l'intervention de l'ange des colères célestes; il apparaît dans la lueur blafarde d'un éclair, il souffle dans son clairon plein d'orage, et mugit la terrible sentence qui est la morale de ce beau poème, si mouvementé, d'un si admirable coloris, et digne, à tous égards, du pinceau de Salvator Rosa, ou de celui d'Hans Holbein, le peintre de la Danse des morts!

BALLADE.

—

1773.

—

LÉNORE.

Lénore s'est levée aux premières rougeurs du matin ;
Elle sort de rêves pénibles :
« Es-tu infidèle, Wilhelm, ou mort ?
» Combien de temps tarderas-tu ? »
Il était parti, avec les armées du roi Frédéric,
Pour la bataille de Prague,
Et n'avait jamais écrit
S'il était resté sain et sauf.

Le roi et l'impératrice,
Fatigués de leur longue querelle,
Amollirent la dureté de leurs cœurs,
Et firent enfin la paix ;
Et chaque armée avec des cris et des chants,
Avec bruit de timbales, et Kling et Klang,
Couronnée de rameaux verts,
Se dirigea vers ses demeures.

Et de tous les côtés, partout,
Sur les routes et sur les sentiers,
Se portèrent jeunes et vieux au-devant
Des acclamations des arrivants.
« Dieu soit loué ! » s'écrièrent enfants et épouses ;
« Vous êtes les bienvenus ! » s'écrièrent de joyeuses
Mais, hélas ! pour Lénore, [fiancées ;
Il n'y avait ni saluts ni baisers.

Elle interrogea la multitude dans tous les sens,
Et s'informa de tous les noms ;
Cependant il n'y eut aucun de tous ceux
Qui passèrent là qui lui donnât des nouvelles.
Quand l'armée eut défilé,
Lénore arracha ses cheveux noirs comme l'aile du cor-
Et se roula sur la terre [beau,
Avec des mouvements furieux.

Sa mère courut à elle :
« Ah ! que Dieu ait pitié de nous !
» Ma chère fille, qu'as-tu ? »
Et elle la prit dans ses bras.
« O ma mère, ma mère ! tout est fini !
» Périssent l'univers et tout !
» Dieu n'a point de pitié ! [infortunées !
» Oh ! malheureuse des malheureuses ! infortunée des

— O Dieu ! aide-nous ; sois-nous propice ;
Mon enfant, dis un *Pater noster ;*
Ce que Dieu fait est bien fait ;
Dieu, Dieu est plein de miséricorde !

— O ma mère, ma mère ! c'est une vaine croyance !
Dieu n'a pas bien agi envers moi !
A quoi, à quoi ont servi mes prières ?
Maintenant elles ne sont plus nécessaires.

— Aide-nous, mon Dieu, aide-nous ; qui connaît notre
Celui-là sait qu'il aide ses enfants. [père,
Le très-glorieux sacrement
Soulagera ton chagrin.
— O ma mère, ma mère ! aucun sacrement
Ne calmera ce qui me consume !
Aucun sacrement ne peut
Rendre la vie aux morts !

— Écoute, enfant ; et si cet homme traître,
Dans le lointain pays de Hongrie,
S'est dégagé de sa foi
Pour contracter de nouveaux liens de mariage ?...
Laisse aller son cœur, mon enfant ;
Il n'en aura aucun profit :
Quand son âme et son corps se sépareront,
Son parjure le brûlera.

— O ma mère, ma mère ! tout est fini !
Tout est perdu !
La mort, la mort est ce que je désire !
Oh ! si je n'étais jamais née !
Éteins-toi, mon âme, pour toujours !
Meurs, meurs dans la nuit et les tourments !
Dieu n'a point de pitié ! [fortunées !
Oh ! malheureuse des malheureuses ! infortunée des in-

— Aide-nous, mon Dieu ! aide-nous ; ne juge pas
Ton enfant dans le malheur ;
Elle ne sait pas ce que sa langue dit ;
Ne lui compte point cela pour un péché ;
Ah ! mon enfant ! oublie ta peine terrestre,
Et pense à Dieu et au bonheur céleste :
Alors à ton âme
Ne manquera point un époux.

— O ma mère ! qu'est-ce que le bonheur ?
O ma mère ! qu'est-ce que l'enfer ?
Près de lui, près de lui est le bonheur !
Et sans Wilhelm c'est l'enfer !
Éteins-toi, mon âme, pour toujours !
Meurs, meurs dans la nuit et les tourments !
Sans lui je ne puis, sur la terre,
Je ne puis jamais être heureuse ! »

Ainsi son désespoir se déchaînait,
Et enflammait son cerveau et ses veines.
Elle continua témérairement
A insulter la providence de Dieu ;
Elle se meurtrit le sein, et se tordit
Les mains jusqu'au coucher du soleil,
Jusqu'à l'heure où, dans la voûte du ciel,
Parurent les étoiles dorées.

Écoutez ! au dehors, quel bruit a frappé l'air ?
Trap Trap Trap... un cheval au pied des murs s'arrête,
Un cavalier, avec un cliquetis de fer,
Monte sur le perron ; le cordon de sonnette,

De toute sa longueur subitement tiré,
S'ébranle : Klinglingling ! la sonnette a vibré ;
Et voilà qu'à travers la porte de Lénore,
Passent ces mots jetés par une voix sonore :

« Holà, holà! c'est moi! viens m'ouvrir, viens ; dors-tu,
» Veilles-tu, chère enfant? Ton amour, l'ai-je encore ?
» Pleures-tu maintenant, ou te réjouis-tu?
— Wilhelm, Wilhelm! c'est toi... ta fidèle Lénore
Veillait et gémissait ; dans la nuit, quoi ! si tard ?
Hélas! que j'ai souffert d'un aussi long retard !
Hélas ! à chaque instant, malheureuse, je pleure...
D'où, sur ton cheval noir, viens-tu donc à cette heure ?

— C'est que nous ne montons à cheval qu'à minuit,
Et que j'arrive, moi, du fond de la Bohême.
Cent *milles* j'ai couru pour te prendre... Il s'ensuit
Que j'arrive fort tard. — Wilhelm, combien je t'aime !
Mais entre ici d'abord, entre ici promptement ;
La nuit est glaciale ; écoute, ô mon amant,
Comme le vent là-bas siffle dans l'aubépine !
Oh ! viens te réchauffer un peu sur ma poitrine.

— Dans l'aubépine, enfant, laisse le vent siffler !
Qu'importe que les vents sifflent et tourbillonnent ?
Ma belle, en ta maison je ne puis pas aller ;
Partons : mon cheval gratte et mes éperons sonnent !
Allons! lève ta robe, allons! prépare-toi,
Et saute, saute en croupe, enfant, derrière moi !
Jusqu'au lit nuptial, au fond de la Bohême,
Il nous faut arriver tous deux cette nuit même!

— Quoi ! cette nuit, si loin tu veux t'en retourner ;
Tu veux jusqu'à ton lit conduire ta Lénore ;
Ne viens-tu pas d'entendre à l'horloge sonner
Minuit ? écoute donc ! la cloche vibre encore !
— C'est que nous et les morts allons vite ! Et le jour
N'aura pas dans le ciel annoncé son retour,
Que nous serons au but, je gage, jeune fille !
Là-haut, là-haut, vois-tu comme la lune brille !

— Où vas-tu m'emmener ? — Oh ! loin, loin... — Notre lit
De noce, l'as-tu fait bien large en ta chambrette ?
— Oh ! notre lit sera tranquille, frais, petit :
Six planches : chaque bout fermé d'une planchette !
— Et de la place ! — Assez pour Wilhelm et pour toi !
Viens, saute, saute en croupe, enfant, derrière moi :
Là-bas les conviés, pour commencer la fête,
N'attendent plus que nous, et notre chambre est prête. »

Et Lénore à cheval s'élance d'un seul bond ;
Au corps du cavalier ses mains blanches s'enlacent,
Et puis, hourrah hourrah ! hop, hop, hop ! ils s'en vont ;
Le galop retentit, par la campagne ils passent ;
L'ardent coursier galope échevelé... ses fers
Arrachent aux cailloux des aigrettes d'éclairs :
Sur sa route on dirait une flamme qui traîne ;
Cheval et cavalier soufflent, sont hors d'haleine !

A droite, à gauche, aux yeux du couple voyageur,
Le sol rapidement fuit... tout se précipite,
Montagnes et forêts et châteaux... « As-tu peur ?
» La lune brille bien ! Hourrah ! les morts vont vite !

» Ma mie, aurais-tu peur des morts ?
— Ah ! non !... mais, laisse en paix les morts. »
Sous le galop brûlant retentissait la terre,
Et les ponts ébranlés grondaient comme un tonnerre !

Qu'est-ce donc que ce bruit là-bas, ces chants et ce bruit ?
Qu'ont-ils ces corbeaux à battre des ailes ?
Écoutez la cloche ! écoutez le chant des funérailles :
« Enterrons le mort ! »
Et tout près un convoi funèbre s'approcha
Avec la civière et le cercueil,
Et le plain-chant ressemblait
Aux coassements qui s'élèvent des marécages.

« Après minuit, vous enterrerez le mort
» Avec du bruit, des chants et des gémissements !
» Voilà que je conduis à ma demeure ma jeune fiancée !
» Avec moi, avec moi courez au banquet nuptial !
» Viens ici, sacristain, viens avec le chœur,
» Et entonne-moi l'Épithalame !
» Viens, prêtre ! tu nous donneras la bénédiction
» Avant que nous montions au lit. »

Et le bruit et les chants s'éteignirent... la bière disparut.
Obéissant à son appel,
Le convoi funèbre, hourré hourré ! en courant,
S'élança sur les pas du coursier.
Et toujours plus loin, hop hop hop !
Ils avançaient au grand galop,
Cheval et cavalier haletaient,
Sous eux volait la poussière, et des étincelles luisaient !

Comme couraient à droite, comme couraient à gauche
Collines, arbres et broussailles !
Comme couraient à gauche, et à droite et à gauche,
Villages, villes et bourgs !
« As-tu peur, ma mie ? la lune brille bien !
» Hourrah ! les morts vont vite !
» Ma mie, as-tu peur des morts ?
— Ah ! laisse en paix les morts. »

Voyez là, voyez là ! Sur le lieu d'exécution,
Autour de la Roue,
Et à demi visibles au clair de lune,
Des squelettes de suppliciés dansent :
« Sasa ! canailles, ici ! arrivez ici !
» Canailles, venez et suivez-moi !
» Vous nous danserez le branle des noces
» Quand nous monterons au lit ! »

Et les suppliciés : Housch Housch Housch !
Suivirent avec le fracas
D'un tourbillon de vent qui siffle
Dans les feuilles sèches des coudriers.
Et plus loin, plus loin, hop hop hop !
Ils avançaient au grand galop,
Cheval et cavalier haletaient,
Sous eux volait la poussière et des étincelles luisaient!

Comme filait tout ce que la lune éclairait à la ronde!
Comme tout cela filait dans le lointain!
Et comme roulaient au-dessus d'eux
Le ciel et les étoiles !

« As-tu peur, ma mie? la lune brille bien!
» Hourrah! les morts vont vite!
» Ma mie, as-tu peur des morts?
— Oh! malheur! laisse en paix les morts! » — —

« Mon coursier noir! mon coursier noir! je crois que déjà
» Le sable sera bientôt écoulé... [le coq chante!
» Mon coursier noir! mon coursier noir! je hume l'air du
» Mon coursier noir, hâte, hâte-toi! [matin!
» Achevée, achevée est notre course!
» La couche nuptiale s'ouvre.
» Les morts vont vite!!
» Nous sommes, nous sommes à l'endroit. » — —

Fougueusement, contre une grille en fer,
Ils se précipitèrent bride abattue;
D'un coup de houssine
Les clous, les serrures sautèrent,
En grinçant les battants s'écartèrent,
Et la course continua sur des tombeaux.
A la ronde brillaient les pierres funéraires
Éclairées par la lune.

Ha! voyez, ha! voyez! Dans ce moment,
Houhou! une horrible merveille!
Le collet de buffle du cavalier, pièce à pièce,
Tombe comme de l'amadou consumé;
Un crâne sans queue ni toupet,
Un crâne nu est sa tête;
Son corps est un squelette
Avec un sablier et une faulx!

Le cheval noir se cabre, souffle sauvagement,
Et vomit des étincelles de feu ;
Et Hui ! il s'abat sous elle,
Et disparaît englouti.
Des hurlements, des hurlements dans l'air s'entendirent ;
Des lamentations des tombes profondes sortirent ;
Le cœur de Lénore, battant à se rompre,
Luttait entre la vie et la mort.

Et voilà qu'au clair de lune,
En rond, autour d'elle,
Des spectres dansent une ronde enchaînée,
Et hurlent ainsi :
« Patience, patience ! lors même que ton cœur se brise,
» Ne blasphème point le Dieu du ciel !
» De ton corps tu es délivrée,
» Que Dieu fasse grâce à ton ame ! »

BALLADE.

—

1785.

—

LE FÉROCE CHASSEUR.

Le Wild-et-Rhingrave [1] a soufflé dans son cor:
« En chasse! en chasse! Que tout le monde soit sur
[pied, ou à cheval! »
En tête s'est dressé son coursier hennissant;
A grand bruit se précipitent après lui les chasseurs;
4 Klifft Klafft.... aboient les chiens découplés
A travers les blés et les buissons, à travers les champs
[et les bruyères.

Le soleil d'un dimanche matin
Argentait la coupole élevée de l'église;
A la messe matinale appelait, tantôt sourd, tantôt clair,
Le son grave et solennel de la cloche.

1 Les Wildgraves sont les comtes des forêts; les Rhingraves, les comtes du Rhin : l'expression le Wild-et-Rhingrave désigne donc ici un personnage qui réunit les deux titres de comte des forêts et de comte du Rhin.

Au loin retentissaient suavement les chants
De la foule des fidèles pleine de dévotion.

Fougueusement, dans un chemin en croix, la chasse
Avec Horridoh et Houssasa. [passait
Voyez là! voyez là! Viennent de droite et de gauche,
Un cavalier ici, un cavalier là!
Le coursier de celui de droite était de couleur d'argent,
Un coursier couleur de feu portait le cavalier de gauche.

Qui étaient ces cavaliers de gauche et de droite?
Je le soupçonne bien, cependant je ne l'affirme pas.
Majestueux et brillant paraissait le cavalier de droite,
Sa physionomie était douce comme le printemps.
Hideux, basané était le cavalier de gauche;
Ses yeux lançaient des éclairs comme la tempête!

« Bienvenus, en temps opportun,
» Bienvenus à la noble chasse!
» Sur la terre et dans le ciel il n'est
» Aucun divertissement plus agréable! » —
Il cria cela, le Rhingrave, se frappa fort sur la cuisse,
Et lança son chapeau bien haut dans l'air.

« — Mal s'accorde le son de ton cor, »
Dit le cavalier de droite, de douce façon,
« Avec la cloche solennelle et le chant du chœur;
» Retourne! tu ne chasseras aujourd'hui rien de bon.
» Laisse le bon ange t'avertir,
» Et pas le mauvais te circonvenir!

— En avant! en avant, mon noble Seigneur!
Interrompit brusquement le cavalier de gauche,
Que nous fait le son de la cloche? Qu'importent les criail-
[leries du chœur?
Le plaisir de la chasse doit vous réjouir mieux!
Laissez-moi vous enseigner ce qui est princier,
Et n'écoutez point les folles paroles de cet homme! —

— Ha! bien parlé, homme de gauche!
Tu es un homme selon mon cœur.
Celui qui ne peut pas jouir de la vénerie,
Qu'il décampe vers le *Pater noster* là-bas.
Ne t'en déplaise, vieux fou,
J'en veux faire à ma fantaisie! » —

Et hourré, hourré, en avant l'on allait, [collines;
On traversait les champs, on montait, on descendait les
Constamment chevauchaient les cavaliers de gauche et
Des deux côtés, tout auprès du Rhingrave. [de droite
Voilà qu'un cerf tout blanc se montre dans le lointain,
Un cerf portant un bois à seize cors.

Et plus fort souffle le Rhingrave dans sa trompe de
[chasse,
Et plus fort tout le monde se précipite à pied et à cheval;
Et voyez! tantôt derrière, et tantôt devant,
Tombe mort quelqu'un de la bande.
« Laissez rouler, laissez-les rouler jusqu'en enfer!
» Cela ne doit point troubler le plaisir du prince! »

La bête se blottit dans un champ de blé,
Espérant la retraite sûre.
Voyez là ! un pauvre campagnard
Se montre en plaintive posture :
« Ayez pitié, cher Seigneur, ayez pitié !
» Épargnez les pénibles sueurs du pauvre ! »

Le cavalier de droite s'avance,
Et conseille le Rhingrave doucement et bien ;
Cependant, mieux écouté, l'homme de gauche l'anime
A consommer gaiement la ruine d'autrui.
Le Rhingrave dédaigne les conseils du cavalier de droite,
Et se laisse circonvenir par le cavalier de gauche.

« Arrière, chien ! crie princièrement
» Le Rhingrave au pauvre laboureur ;
» Autrement, par le diable, je te courre toi-même ! —
» En chasse ! compagnons, deçà et delà,
» Pour marquer que j'ai juré sincèrement,
» Faites-lui claquer vos fouets aux oreilles ! »

Ainsi dit, ainsi fait ! Le féroce Rhingrave s'élance
Brusquement par-dessus la haie,
Et par derrière, avec bruit et fracas,
Suit toute la bande : chiens, coursiers et chasseurs ;
Et chiens, et coursiers et chasseurs écrasèrent
Les épis que le champ nourrissait.

Par le bruit qui s'approche, effrayé de nouveau,
A travers les champs, sur le sommet des collines,

Relancé, poursuivi, cependant non atteint,
Le cerf gagne la plaine aux pâturages;
Et se mêle, pour y être épargné,
Finement, parmi les troupeaux domestiques.

Cependant deçà et delà, à travers les champs et les forêts,
Deçà et delà, à travers les forêts et les champs,
Le poursuivent, et éventent bientôt
Les chiens légers sa trace.
Le berger, plein d'inquiétude pour son pauvre troupeau,
Se jette à genoux devant la Rhingrave.

« Miséricorde, Seigneur, miséricorde! laissez
» Mon pauvre paisible bétail en repos!
» Songez, cher Seigneur, qu'ici paît
» La vache de mainte pauvre veuve.
» Épargnez l'unique ressource de ces infortunées.
» Miséricorde! cher Seigneur, miséricorde! »

Le cavalier de droite s'avance,
Et conseille le Rhingrave doucement et bien;
Cependant le cavalier de gauche, mieux écouté,
L'anime à consommer gaiement la ruine d'autrui.
Le Rhingrave dédaigne les conseils du cavalier de droite,
Et se laisse circonvenir par le cavalier de gauche.

« Audacieux chien qui t'opposes à moi!
» Ha! que ne formes-tu, avec ta meilleure vache,
» Et avec chacune de tes coquines de veuves,
» Un seul et même corps!

» Ça réjouirait mieux mon cœur
» De vous envoyer tous, en même temps, dans le [royaume des cieux !

« En chasse ! compagnons, deçà et delà,
» Io ! Doho ! Houssasa ! » —
Et chaque chien se jette furieux sur
Ce qu'il voit de plus près devant lui.
Dégouttant de sang, tombe le berger par terre,
Dégouttant de sang, tombe pièce à pièce le troupeau.

A l'œuvre meurtrière se dérobe à peine
Le cerf avec toujours plus faible course.
Souillé de sang, couvert d'écume,
Il se précipite maintenant dans la nuit de la forêt.
Profondément il se cache au milieu,
Dans la chapelle d'un solitaire.

Fougueusement, sans délai, avec claquement de fouet,
Avec Horridoh et Houssasa,
Et Kliff et Klaff, et bruit de fanfare,
Poursuivent le cerf les féroces chasseurs aussi là.
A leur rencontre apparaît, avec douce prière,
Le pieux solitaire devant son ermitage.

« Abandonne, abandonne cette trace !
» Ne viole pas le sanctuaire de Dieu !
» Vers le ciel gémit la créature,
» Et implore de Dieu ta punition...

Pour la dernière fois écoute un bon conseil,
» Ou bien malheur à toi ! »

Le cavalier de droite s'avance, inquiet,
Et conseille le Rhingrave doucement et bien ;
Cependant, mieux écouté, le cavalier de gauche l'anime
A consommer gaiement la ruine d'autrui.
Et, malheur! dédaignant les conseils du cavalier de droite,
Il se laisse encore circonvenir par le cavalier de gauche !

« Malheur par-ci, malheur par-là !
» Je ne m'épouvante pas pour si peu !
» Quand le cerf serait au troisième ciel,
» Je n'en ferais pas plus de cas que d'une chauve-souris.
» N'en déplaise à Dieu et à toi, vieux fou,
» J'en veux faire à ma fantaisie ! »

Il fait claquer son fouet, embouche son cor :
« En chasse ! compagnons, deçà et delà ! »
Hui, le solitaire et l'ermitage devant lui s'évanouissent ;
Derrière lui les coursiers, les chasseurs ont disparu ;
Le bruit, le fracas, le tintamarre de la chasse
A cessé tout à coup... rien qu'un silence de mort !

Il regarde à l'entour, il a peur, il frissonne :
Il agite son fouet, le fouet ne claque pas ;
Il embouche son cor, aucun bruit ne résonne ;
Il jette des clameurs, lui-même n'entend pas ;
Il presse son coursier, l'excite, l'éperonne :
Le coursier ne part pas, et ne recule pas.

Une nuit sombre se fait autour de lui,
Une nuit de moment en moment plus sombre, une nuit
[noire comme un tombeau;
On entend bruire sourdement comme une mer lointaine;
Et voilà qu'au-dessus de sa tête,
D'une façon terrible, et avec toute l'horreur de la tempête,
Une voix de tonnerre mugit cette sentence:

« Toi, féroce et infernale nature,
» Impitoyable envers l'animal, envers l'homme, envers
» Les hélas et les aïe de tes victimes, [Dieu même!
» Tes forfaits contre elles
» T'ont hautement cité devant le tribunal de la Justice,
» Là-haut... où la torche de la vengeance flamboie!

» Fuis, mauvais esprit, fuis et sois
» Dès à présent, pendant toute l'éternité,
» Par l'enfer et le Démon toi-même chassé!
» Pour la terreur des princes de chaque siècle,
» Qui, en vue des jouissances d'un plaisir cruel,
» N'épargnent ni le Créateur ni la créature! » —

Une atmosphère couleur de soufre
Enveloppe alors la verdeur de la forêt.
L'effroi lui ruisselle dans la moelle des os; [ment.
Il ne sent plus qu'étouffement, obscurité, engourdisse-
Contre lui souffle un vent glacé qui le fait frissonner;
Derrière lui gronde l'orage.

Le vent glacé souffle, l'orage gronde,

Et, hors de la terre s'élevant, Houhou!
Sort une main noire, une main de géant;
Elle s'étend, elle se crispe,
Hui! elle s'appuie sur sa tête,
Hui! elle lui tourne le visage sur le dos.

Ça éclate et flamboie autour de lui,
Avec verte, bleue et rouge lueur;
Autour de lui bouillonne une mer de feu,
Et dedans grouille l'engeance infernale;
Soudain s'élancent mille limiers infernaux,
Vivement excités, hors du gouffre...

Il se précipite à travers les champs et les forêts,
Et fuit hurlant aïe et hélas;
Cependant, à travers le monde immense,
Mugit et glapit l'enfer après lui,
Durant le jour, profondément dans les abîmes de la terre,
Et durant la nuit, haut dans les airs.

Sur le dos demeure son visage tourné,
Tant est rapide la force qui l'entraîne en avant.
Il lui faut voir les monstres
Vivement excités par le mauvais esprit,
Il lui faut voir les grincements, et entendre les jappements
Des gueules qui bayent après lui.

C'est la grande chasse infernale
Qui durera jusqu'au dernier jour;

Et souvent encore, dans la nuit, les hommes dissolus
La voient passer avec une salutaire épouvante :
Plus d'un chasseur pourrait, s'il osait parler,
Le témoigner de sa bouche.

POÉSIES DIVERSES.

1838–1842.

Il n'est pas de jeune homme aujourd'hui, pour peu qu'il ait, au collége, passablement expliqué Tibulle et Properce, qui ne publie sur vélin ses *Méditations*, ou ses *Feuilles d'Automne*. L'auteur des poésies qui vont suivre, fait comme tout le monde; seulement, et on lui en saura gré sans doute, il a eu soin de n'imprimer qu'un très-petit nombre de vers, et de garder prudemment le reste en portefeuille.

On sentira peut-être qu'il s'est beaucoup trop imprégné des *Rêveries du Promeneur solitaire,* de ces pages si sombres et si romantiques de Jean-Jacques Rousseau; mais hélas! nous tous enfants de ce siècle, n'avons-nous pas bu à cette source amère de tristesse et de mélancolie?

POÉSIES DIVERSES.

I

PAYSAGE.

C'est l'heure où retentit, sous la feuille odorante,
L'harmonieuse voix du rossignol qui chante ;
C'est l'heure où les soupirs et les tendres aveux
Inspirent tant d'ivresse aux couples amoureux :
Une teinte foncée embrunit le feuillage ;
Un sombre azur bleuit les vagues sur la plage ;
La cascade, à la brise unissant sa rumeur,
Semble être une musique au poète rêveur !
Les gouttes de rosée humectent les corolles,
Les étoiles au ciel prennent leurs auréoles ;
Enfin, au firmament, règne ce clair-obscur,
Si suavement sombre, et si sombrement pur,
Qui suit le jour éteint, lorsque, dans la nuit brune,
Le crépuscule meurt sous les feux de la lune !

II

La poésie, à une certaine époque de la vie, n'est plus qu'un vase funéraire qui sert à brûler quelques parfums pour embaumer de saintes mémoires.

LAMARTINE.

—

A MA SOEUR.

Ils n'ont plus leur éclat si limpide, tes yeux,
Pauvre sœur! Sur le lin de tes coussins moelleux
Ta tête charmante se penche,
Comme pour se mirer au cristal des flots clairs;
Comme tout effeuillée, entre les rosiers verts,
Sur le soir une rose blanche!

Ton âme s'abandonne en de vagues espoirs,
Ou songe tristement à l'air frais des beaux soirs
Qu'embaument les fleurs d'aubépine!

Pour ne pas dissiper tes douces visions,
Le soleil n'a semé que de pâles rayons
Sous tes rideaux de mousseline...

Hélas! il t'apparut, en te montrant les cieux,
L'ange pâle qui mêle à ses flottants cheveux
Des branches d'if et d'immortelle;
Tu sentis sur ton front douloureux et brûlant,
Comme le vent qui froisse un feuillage tremblant,
Courir le vent froid de son aile!

C'est que les plus beaux cœurs souvent n'exhalent pas
Leurs parfums sur la terre; et puis, lorsqu'ici-bas
Éclosent des âmes trop belles,
Comme on cueille au vallon les plus suaves fleurs,
Dieu jaloux les ravit à ce val de douleurs
Pour ses phalanges immortelles!

Mais Dieu qui vit nos pleurs, te laisse à notre amour,
Aux ombrages aimés qui t'abritaient du jour,
Aux pelouses de nos prairies:
Souris à ce soleil si limpide et si beau;
Sur le velours de l'herbe, entends la source d'eau
Semer ses molles mélodies...

Quelle moiteur dans l'air! quels rayons éclatants!
Que la nature est fraîche, en son premier printemps;
Comme sont vertes les campagnes!
Voici qu'auprès de toi, le visage joyeux,
Les mains pleines de fleurs, le vent dans les cheveux,
Accourent tes blondes compagnes!

Vois poindre les bourgeons des lilas odorants ;
Vois les tilleuls rougir, vois les pommiers tout blancs,
Et le pêcher plein de fleurs roses.
Les saules aux fleurs d'or se mirent dans les eaux,
La clématite verte enlace les berceaux
Où dans l'été tu te reposes !

Cher ange ! on ne meurt pas lorsqu'on a dix-sept ans !
Belle, mais moins que toi, la Nature, longtemps
Souffrante, entre en convalescence !
Vienne le mois de mai, mois aux tièdes chaleurs,
Et la Nature et toi reprendrez les couleurs
De la riante adolescence !

Quand, toute pâle encor, tu viendras, dans les bois,
Poser tes pas tremblants, que d'accords, que de voix
Retentiront sous la ramure!
A tes pieds la pervenche ouvrira ses yeux bleus ;
Le souffle du printemps, comme un sylphe amoureux,
Se jouera dans ta chevelure !

Ton faible et premier pas sur la mousse, c'est moi
Qui le dois soutenir : oh! j'épierai pour toi
Le lever d'une belle aurore !
C'est alors qu'au détour de quelque ombreux chemin,
— Sœur! dirai-je, de pleurs mouillant ta blanche main,
Longtemps je puis t'aimer encore! —

Avril 1839.

III

A MA SOEUR.

Ma sœur! par ces beaux jours, ce soleil printanier,
Tu laisses dans le coffre et la robe soyeuse,
Et le chapeau de crêpe, et l'écharpe moelleuse!...
Oh! ce serait charmant, qui pourrait le nier?
De te voir le camail, ou la mante andalouse;
Certes, plus d'une alors de toi serait jalouse;
L'ombrelle à pomme d'or ciselé, dans la main,
Et puis, sur le chapeau, les fleurs de Constantin.
Mais, tu portes toujours le madras sur la tête:
Quand prendras-tu la soie, et l'or, et la manchette?

Est-ce donc que le jour n'a pas assez de feu?
Entends-tu l'hirondelle, au corset noir et bleu,
Qui te crie en passant: — Lève-toi, jeune fille!
Viens voir le beau printemps et le soleil qui brille,
Et l'aubépine blanche, et les bouquets de lait...
Viens voir: malade aussi, la Nature renaît;

Elle chante déjà rose, joyeuse, alerte,
Et couronne de fleurs sa chevelure verte.
A la vie, au plaisir t'appellent mes accents;
Viens fouler, dans les bois, les gazons renaissants. —

Ainsi parle l'oiseau de sa voix claire et tendre,
En décrivant dans l'air un rapide méandre.

Qu'on est heureux, assis sous des ombrages verts,
Alors que l'air est chaud, alors que les concerts
Des oiseaux du printemps mollement retentissent,
Que la brise murmure, et les rosiers fleurissent;
Alors que le soleil, qui brille en des cieux purs,
Crible de rayons d'or les feuillages obscurs!

Dans quelque val, empli d'une fraîcheur bien douce,
Je te vois t'asseyant sur un sofa de mousse,
Avec ton éventail, ta robe de pékin,
Dont les plis ont couvert ton étroit brodequin.
Et, sur ta blanche peau, faiblement éclairée,
La verdure répand une teinte nacrée.
Un demi-jour charmant dessine le contour
De ton épaule ronde, et ta taille cambrée.
Tes cheveux blonds, tombés par la chaleur du jour,
Roulent sur ton beau col leurs tresses précieuses;
Et ta main veloutée effeuille quelque fleur,
Et, noyés à demi de plaisir, de langueur,
Brillent tes grands yeux noirs, aux paupières soyeuses!

Mai 1842.

IV

NOÉMA.

I

Avec ta robe blanche, ô jeune fille pâle
Et frêle, et belle aussi comme l'hémérocale!
Avec ce teint de nacre, et ces cheveux cendrés,
Sur ce cou délicat en nœud grec figurés;
Avec ce front pensif, et ce regard mystique
Que lance ton œil bleu comme la véronique;
Avec ta bouche pure, au sourire idéal,
Tendre fleur de pêcher, qu'un lustre virginal
Décore et rend si belle; et ta gorge enfantine,
Vague encor sous les plis moelleux de mousseline;
Avec ton air charmant, triste et voluptueux,
Noéma, tu me plais! Ton nom mélodieux,
Syllabes, sur ma lèvre, à tous moments écloses,
Ton nom, douce musique, a pour moi la fraîcheur
De ces larmes d'argent qui pleuvent sur le cœur
Des roses!

II

O toi qui me jetas un charme! jeune fée
Qui me fuis!
Souvent n'entends-tu pas une plainte étouffée,
De longs cris,

Des sanglots retentir, au milieu de tes rêves;
Et tes yeux
Ont-ils vu, reposé sur le sable des grèves,
Malheureux,

Pâle comme la mort, un homme qui délire,
Et gémit :
Sois pleine de pitié pour son cruel martyre;
Ce qu'il dit,

Ce que toujours l'écho des noirs rochers répète,
C'est ton nom !
Et c'est, parfois, le bruit tonnant de la tempête
Qui répond !

S'il te souvient encor de ces songes étranges,
O pitié !
Ne brise pas son front, céleste sœur des anges,
Sous ton pié!

Permets à son espoir, dans ce trouble suprême,
De fleurir!
Qu'il entende ce mot, ce mot sacré: — Je t'aime!
Retentir!

Ce mot, pour ton amant, c'est comme la rosée
Pour la fleur!
O! laisse-le tomber de ta bouche rosée
Sur mon cœur!

III

C'était au mois de mai: la nuit était sans voiles;
Nous promenions tous deux, par un beau clair d'étoiles;
Le rossignol chantait;
J'avais cueilli pour toi des roses magnifiques,
Et des fleurs d'oranger, étoiles balsamiques,
Blanches comme le lait!

Tu semblais aspirer, avec mélancolie,
Cet enivrant parfum d'Espagne et d'Italie:
J'appuyai sur mon cœur,
Palpitant, plein d'amour, ta main, ta main de neige
O ma charmante enfant! ô ma reine! disais-je,
Je t'aime avec ferveur!

Ton âme m'entendit, ô fille enchanteresse !
Et tu me regardas : ton œil plein de tendresse
Disait : — Je t'aime aussi ! —
Hélas ! comme autrefois, aujourd'hui je t'adore ;
Dans ton regard d'azur laisse-moi lire encore
Ces mots : Je t'aime aussi !

V

VIRGILIA.

I

Un large et frais ruisseau, sorti du sein des bois,
Promenait son azur et sa plaintive voix
    Sur la pelouse des prairies;
D'un souffle harmonieux le feuillage animé
Frémissait mollement : l'air était embaumé,
    Toutes les fleurs épanouies!

« Quelles douces senteurs exhalent ces berceaux;
» Il est, sous les festons de leur voûte bénie,
» Un charme à la douleur! là, règne le repos,
» Et des hymnes joyeux l'importune harmonie
    » Expire enfin près de ces eaux!

    » Souvent, lorsque la nuit s'avance,
    » Assis sous des lambris de fleurs,

» Libres des soins de l'existence,
» De ses ennuis, de ses douleurs,
» Voir monter dans le bleu la lune pâle encore ;
» Ou bien, sur ces coteaux jaunis,
» Jouir des splendeurs de l'aurore,
» Corolle de rubis
» Qu'effeuille dans le ciel la brise orientale ;
» Cueillir, à son réveil, la rose virginale :
» Virgilia ! c'étaient les plus beaux de nos jours !
» Ils sont passés... l'automne interrompit leur cours :
» C'était alors le temps où les feuilles jaunissent ;
» Où les dernières fleurs dans nos champs se flétrissent :
» Le destin t'emporta loin d'un paisible port.
» Mais qu'importe mes pleurs et la rigueur du sort,
» Si, là-bas, un soleil plus brillant que le nôtre,
» Et si tes jours heureux coulent l'un après l'autre
» Comme une onde limpide où se mire un ciel pur !
» L'horizon de mon âme est un nuage obscur,
» Une effrayante nuit que nul reflet ne dore !
» Cependant, en ce lieu, seul, je redis encore
» Ces hymnes du bonheur, par ta voix embellis,
» Et ton amour plus doux que le parfum des lis ! »

Ainsi murmure Edwin. Les brises bocagères
Caressent ses cheveux de leurs ailes légères ;
L'oranger verdoyant, à la suave odeur,
Le grenadier touffu, dont l'éclatante fleur
Mêle à l'or des jasmins sa pourpre orientale,
Abaissent leurs rameaux sur son front large et pâle :
Il semble, en ces beaux lieux, arrêté sans retour...

Les heures avaient fui : déjà l'astre du jour
S'ouvrait, vers d'autres cieux, un lumineux passage,
Et ses rayons pourprés, perçant le vert feuillage,
Semblaient sur les gazons verser un sable d'or ;
Dans ces bocages frais Edwin errait encor !

Quand la lune ramène à leur chaume les pâtres,
Baigne de ses reflets humides et bleuâtres
Les objets incertains,
Et charme l'œil rêveur de sa lumière douce
Comme celle qui luit aux âmes sur la mousse
Des champs élyséens :

Une apparition céleste, vaporeuse,
Avec des cheveux noirs, une bouche rieuse,
Le suit ; et dans les bois,
Le bruit léger de l'eau sous des branches de saule,
Lui semble tour à tour une robe qui frôle
Ou le son d'une voix !

ÉPILOGUE.

II

Océan ! sur mon front épanche ton écume !
Et de l'arome amer de tes ondes parfume
Mes cheveux dénoués!
Des flots sur les récifs que j'entende le râle ,
Que j'entende gémir , sous la brusque rafale ,
Les sapins secoués! —

De mes rêves d'amour, de la fleur d'espérance ,
Des promesses que fait la belle adolescence ,
Hélas! il n'est resté
Qu'un souvenir léger comme une feuille aride ,
Qu'un désespoir poignant, que l'horreur, que le vide
Dans mon cœur dévasté!

VI

LÉONOR.

« O mère du Seigneur, Vierge auguste et modeste!
» Rose blanche cueillie au parterre céleste!
» Étoile de la mer!
» Dont l'auréole d'or, des matelots chérie,
» Lorsque le ciel est noir et la vague en furie,
» Scintille dans l'éther!

» O Vierge qui protége! O Vierge qui console!
» Écoute les douleurs de la jeune Espagnole
» Qui s'en vient tous les soirs
» Au pied de ton autel, sous la gothique ogive.
» Près du temple entends-tu la houle convulsive
» Heurter les rochers noirs?

» L'Océan se déferle en gigantesques lames!
» Et le tonnerre gronde, et ses ailes de flammes
» Rougissent l'horizon!

» Peut-être à cet instant, où la nuit est plus sombre,
» Ulric échevelé, sur son vaisseau qui sombre
» Invoque aussi ton nom!

» Il disait : — Je viendrai lorsqu'aux feux de l'aurore,
» Portant vers les flots bleus, que ton amour implore,
» Tes regards vigilants ;
» Tu verras aux rameaux vigoureux et sauvages
» De ces beaux citronniers qui bordent nos rivages,
» Poindre les boutons blancs ! —

» Ces jours seuls sont venus ; ma jeune âme inquiète
» Exhale à tes genoux son angoisse secrète,
» Blonde reine des cieux !
» Écarte des vaisseaux les tempêtes funèbres,
» Dans l'éther embrasé dissipe les ténèbres
» Et les vents furieux.

» De Léonor qui t'aime, exauce la prière!
» Ah! si bientôt Ulric dois revoir cette terre
» Qu'embaume l'oranger ;
» Et si l'ange, au front pur, des amours éternelles
» A protégé son cœur de l'ombre de ses ailes
» Au pays étranger ;

» Ma main couronnera ta tête virginale
» De roses ; le benjoin, en nuages d'opale
» Montera vers le ciel
» Avec l'esprit des fleurs, et ma voix solennelle,
» Plus douce que le luth, plus flatteuse que celle
» De l'ange Gabriel! »

De tes stances d'amour, fille à l'épaule brune!
Tes sanglots étouffés entre-coupaient quelqu'une :
Tu pleurais, Léonor!
Sur le vitrage obscur luisait l'éclair bleuâtre;
Contre les rocs, fouettés d'une écume d'albâtre,
Les flots hurlaient encor.

Des montagnes, le soir, foulant la haute cime,
Léonor, l'œil fixé sur l'Océan sublime,
Épiait les vaisseaux;
Dans le frais Orient, quand la nuit s'évapore,
Son œil avide et sombre interrogeait encore
L'immensité des flots!

Les citronniers en fleurs parfumaient le rivage,
Quand la houle jeta les débris d'un naufrage
Parmi les rochers nus :
Aux rougeurs du matin, la vierge matineuse,
Sous les palmistes verts de la dune écumeuse,
Hélas! ne revint plus!

A l'heure où dans les prés l'onde en chantant s'épanche,
Où la lune sereine apparaît toute blanche
Dans le ciel pur d'été,
Sur le golfe endormi qu'aucun souffle ne rase,
Comme un gage d'amour, laissant flotter la gaze
De son voile argenté,

Où la brise du soir, brise voluptueuse,
Incline, en frémissant par la vallée ombreuse,
Les glaïeuls sur les eaux;

D'elle-même, soudain, dans la chapelle antique,
La cloche tinte. — Au son triste et mélancolique
Répondent les échos !

Le funèbre platane agite alors ses branches ;
Sur le vitrage obscur luisent des flammes blanches
Ou de bleuâtres feux ;
Des voix chantent en chœur l'hymne du mariage,
Et le pâtre, attardé dans ce désert sauvage,
S'enfuit silencieux !

VII

LARMES DE L'AME.

La lune brille bien dans le ciel taciturne :
La lune de minuit, c'est le soleil des morts ;
Écoutez ! Des sanglots, des plaintes, des transports,
Éclatent sourdement dans le calme nocturne :
Pâle, mourante, au pied de ces tristes cyprès
Une femme est assise : elle soupire et pleure ;
Sa voix, troublant des morts la funèbre demeure,
    S'exhale en douloureux regrets :

« Il s'est évanoui, comme l'ombre légère,
» Mon amour, mon enfant tout baigné de mes pleurs
» Et de mon cœur flétri, désolé, solitaire,
    » Mon Dieu ! viens finir les douleurs !

» Je vais les voir encor ses yeux, ses lèvres roses
» Qu'avec de saints transports je baisai tant de fois !

» Plus pures que les fleurs dans la prairie écloses,
» Et d'où tombaient les sons gracieux de sa voix !

» Celui qui m'appela toujours sa bien-aimée,
» Celui qui me disait : Ma mère ! — Tous les deux
» Vont ouvrir à mon âme une trace embaumée
» Pour la conduire aux cieux !

» Quel magique secret, quel magique dictame
» Peut calmer la souffrance, et donner le repos ?
» Quelle herbe guérira les blessures de l'âme ?
» La mousse des tombeaux ! —

» Il s'est évanoui, comme l'ombre légère,
» Mon amour, mon enfant tout baigné de mes pleurs,
» Et de mon cœur flétri, désolé, solitaire,
» Mon Dieu ! viens finir les douleurs ! »

Et rien ne troubla plus ce lieu mélancolique.
Le doux réparateur, le sommeil balsamique
Balançait sur le monde une aile de duvet ;
Mollement la rosée au sein des fleurs pleuvait,
Et pour les préparer aux splendeurs matinales,
De perles, de saphirs, couronnait leurs pétales !

On dit que le matin, au lever du soleil,
Quand le premier rayon brilla blond et vermeil,
Parmi les cyprès verts, dans les mousses dorées
Qui couvrent d'un tapis les tombes vénérées ;
Quand les chœurs matineux de mille oiseaux divers

Enchantaient le bosquet de leurs plus doux concerts;
Sous les rameaux épais de l'arbre au noir feuillage,
Comme un lis qu'a courbé la fureur de l'orage,
Une femme apparut, immobile en ces lieux :
C'est que l'Ange de mort avait fermé ses yeux !

VIII

LE CHANT DU BARDE.

Quand le soleil dora le haut sommet des frênes,
Seul avec le vieillard je parcourais les traînes.

« C'est ici ! s'écria l'homme des anciens jours,
» Heurtant de son bâton les débris noirs des tours
» Dispersés sur le sol parmi les mauves roses
» Dont la rosée emplit les urnes demi-closes ;
» Il reste encor debout quelques pans de vieux murs
» Où la ronce, au soleil, étale ses fruits mûrs ;
» Les lierres enlacés pendent leurs grappes noires
» Aux arceaux délabrés d'antiques oratoires,
» Et l'œil charmé regarde, au loin, de ces hauts lieux,
» L'Océan dérouler sa nappe de flots bleus.
» Des touffes de gramens, étoilés d'anémones,
» De sauvages lilas et des violiers jaunes
» Tremblent au vent d'été sur les porches détruits
» De la chapelle sainte et du château ; depuis

» Que ces murs de granit ont pris leur linceul d'herbes,
» Trente fois le soleil a redoré les gerbes.

» Là vivait autrefois Abdiel, dernier seigneur
» Du gothique manoir ; quelle noble splendeur,
» Quelle auréole a ceint le front de ses ancêtres ?
» Avait-il vu le jour dans ces climats ? Ces hêtres
» Aux troncs lisses et droits, rongés de lichens blancs,
» Ces pâles peupliers, aux feuillages tremblants,
» Ces chênes festonnés de rose chèvre-feuille,
» Dans ces bosquets pleins d'ombre, où l'oiseau se recueille,
» Avaient-ils abrité du feu de nos soleils
» Les jeux de son enfance, et ses premiers sommeils ?
» Jeune encore, pourquoi, dans nos fêtes riantes,
» Ne parut-il jamais ? Pourquoi des voix pleurantes,
» De subites lueurs, rouges comme l'éclair,
» Semblaient sortir, la nuit, de son château désert ?
» Nul ne le sait encor : de longs pèlerinages,
» Un ciel plus chaleureux, sur de lointaines plages,
» Avaient bruni son front ; une sombre douleur
» Sur ses traits amaigris répandait la pâleur :
» Hélas! sur cette vie orageuse et sévère
» Planait, impénétrable, un horrible mystère !
» Ce ténébreux nuage, aucun ne l'a percé ;
» Mais il savait, celui dont l'œil plus exercé
» Avait pu soulever un pan du sombre voile,
» Que dans ce cœur maudit, solitaire, l'étoile
» De la chaude jeunesse avait lui peu d'instants ;
» Que cette âme s'était mûrie avant le temps,
» Qu'à ses yeux le bonheur n'était qu'un mot frivole,

» Une blanche vapeur qui le matin s'envole
» Dans l'air bleu ! Car il est une précocité
» Que donne la douleur : on voit, avant l'été,
» Des fruits que le soleil brûle de plus de flamme,
» Rougir plus veloutés que des lèvres de femme !
» La plante qu'on enlève au sol qui la germa,
» Dans la brûlante serre où l'homme l'enferma,
» Pousse vite et grandit, mais souffreteuse et grêle ;
» La sève est sans verdeur : croissance prompte et frêle
» Qui ne produit au jour que de bien pâles fleurs
» Dont l'urne qui s'entr'ouvre a perdu ses odeurs !
» Et l'exotique fleur, oh ! c'est l'âme trop neuve
» Qui, mûre avant le temps, ainsi que Faust s'abreuve
» Au vase empoisonné des méditations ;
» O funeste science ! O révélations
» Tristes de l'avenir ! savoir, avant l'aurore,
» La somme des douleurs du jour tout près d'éclore ;
» Entre le berceau vide, et le gouffre béant
» De la tombe, ne voir qu'un spectre : — le Néant !
» Le contempler sans cesse, au chevet de sa couche ;
» Sentir, en frissonnant, sur tous les cœurs qu'on touche,
» Le froid glaçant du marbre... et demander à Dieu
» Pourquoi donc en notre âme il alluma ce feu
» Qui, faute d'aliments, brûle l'homme lui-même !
» Pourquoi tous les bonheurs que la jeunesse sème :
» Amour, Amitié sainte, — illusions des cœurs —
» Ces deux calices d'or, aux suaves liqueurs,
» Se brisent dans nos mains !... De ces divins calices
» Qui circulent remplis des plus âcres délices,
» Qu'au banquet de la vie on vide tour à tour,

» Abdiel n'aurait voulu garder qu'un seul : — L'Amour —
» Amour candide et pur, rose blanche dont l'âme
» Aspire le parfum plus doux que le cinname,
» A l'aube de la vie ! Ah ! quand elle a goûté
» Tous les transports de l'ange et sa félicité,
» Qu'elle s'est reposée oublieuse sous l'arbre
» Du bonheur ; le réveil se fait : la main de marbre
» De la réalité l'entraîne... il faudra fuir
» Loin des bosquets d'Eden, pour n'y plus revenir ;
» Car la Réalité, c'est l'archange qui lève
» Sur Adam éperdu la flamme de son glaive !

» Cette soif de bonheur, ces aspirations
» Vers le ciel ne sont pas folles illusions !
» Espère dans la Mort : c'est l'ange aux ailes blanches,
» Il porte dans ses mains diaphanes des branches
» D'immortelle ; c'est lui qui vole doucement
» Sur le chevet de l'homme, à son dernier moment ;
» C'est lui qui sur sa joue, et ses lèvres pâlies,
» Effeuille, avec amour, les sombres ancolies ;
» Quand, autour de son lit, ses amis assemblés
» Pressent ses froides mains, pleurent échevelés,
» Que l'esprit s'est enfui sur des ailes de flammes,
» Il guide son essor vers le monde des âmes,
» Monde plus pur, plus doux que l'air bleu du matin,
» Monde de voluptés, et d'extases sans fin ! »

C'est l'hymne résigné, sombre, mélancolique,
Que me chantait un jour un barde d'Armorique.

TABLE.

ERRATA.

Page 21, ligne 10, au lieu de *introduit,* lisez : *introduite.*

Page 45, ligne 11, au lieu de *et d'un cœur pur,* lisez : *et un cœur pur.*

www.ingramcontent.com/pod-product-compliance
Ingram Content Group UK Ltd.
Pitfield, Milton Keynes, MK11 3LW, UK
UKHW031901260826
14628UKWH00002B/917

9 782329 329079